光文社文庫

長編時代小説

桜子姫

牙小次郎無頼剣（二）

決定版

和久田正明

光　文　社

目次

主な登場人物

牙小次郎《きばこじろう》
纏屋《まといや》の石田《いしだ》の家に居候する浪人。実の名は正親町高熙《おおぎまちたかひろ》。父は、今上天皇の外祖父にあたる。

小夏《こなつ》
夫の三代目石田治郎右衛門《じろうえもん》が亡くなった後も石田の家を支える女将。

三郎三《さぶろうざ》
駆け出しの岡っ引き。

田ノ内伊織《たのうちいおり》
南町奉行所定町廻り《じょうまちまわり》同心。

第一話　誰ケ袖《たがそで》

一

神田須田町《かんだすだちょう》一丁目は水菓子問屋が多く、二十軒近くが軒《のき》を連ねて壮観である。

その外れに、古道具屋の糸賀《いとが》屋はあった。

古びてはいるが構えの大きな店で、店内では手代《てだい》や小僧が骨董品《こっとうひん》に叩《はた》きをかけたり、磨いたりしている。

店先を通りかかった牙小次郎《きばこじろう》の足が、つっと止まった。

帳場の奥に広げられた屏風《びょうぶ》に、その目が釘づけになっている。

その日の小次郎は冬木小袖《ふゆきこそで》を着て、黒漆《くろうるし》の太刀《たち》の一本差だ。

冬木小袖は、華麗な画風で知られる絵師の尾形光琳《おがたこうりん》が、江戸深川《ふかがわ》の豪商冬木屋の妻女のために考案した図柄とされ、白綾地《しろあやじ》に墨と淡彩で秋草模様が描かれた見事なものだ。

女もののそれを、後世になって男ものの意匠《いしょう》に描き直したもので、色白で彫りの深い顔立ちのこの男によく似合っていた。また彼の長身痩軀《そうく》の躰《からだ》が、よりその小袖を際立たせている。

そして髷《まげ》は総髪《そうはつ》にし、後ろに垂らして束ねている。

その風姿《ふうし》からして、そこいらにいる浪人者とは一線を画しており、この男は浪人の身でありながらどこか貴族的でさえあるのだ。

やがて小次郎は店土間へ入り、番頭に声をかけた。

「あの屏風だが……」

番頭は小次郎の視線を追って、「へい」と答える。

「所望《しょもう》したいが」

「有難う存じます」

ちょっとお待ちをと言い、番頭は帳場格子《ちょうばごうし》のなかで帳づけをしている主《あるじ》を呼んで来た。

主の糸賀屋は、小次郎の前に畏《かしこ》まると、

「誰ケ袖がお目に留まりましたか」

「珍品であるな。江戸の初め頃に流行《はや》ったものと聞く。貰《もら》い受けたい。金に糸目はつけぬぞ」

「ははっ」

糸賀屋が禿《は》げ頭を下げ、平蜘蛛《ひらぐも》のように這いつくばった。


六曲一双のその屏風が座敷に広げられ、小夏《こなつ》がその前にぺたんと横座りし、首をひねるようにしてそれを眺めている。

その横で、小次郎が満足げな微笑を湛《たた》えている。

ついさっき、糸賀屋の手代と小僧の二人が届けに来たものだ。

「旦那、この屏風の絵ったら、少しおかしくありませんか」

小夏が解《げ》せない声で言った。

彼女はこの江戸に一軒しかない纏《まとい》屋の女将《おかみ》である。

纏というものは、戦陣で大将のそばに立てた目印のことをいったが、近世以降は大名火消しや町火消しが、火事場の目印としてそれを使うようになった。

享保《きょうほう》の頃に、南町奉行大岡越前守《おおおかえちぜんのかみ》が、槍《やり》屋の石田治郎右衛門《いしだじろうえもん》なる者を召し出し、

「江戸町火消しの纏作りは、その方が一手に担うべきこと。他の者は許すまじ」という有難いご沙汰《さた》を下された。

大岡越前は町火消しいろは四十八組と、本所《ほんじょ》、深川《ふかがわ》十六組を作った人である。以来、石田の家は江戸に一軒だけの、纏作りの専門店となった。

初代治郎右衛門はそのことを深く感謝し、七十八歳の天寿《てんじゅ》を全うするまで、神田《かんだ》明神《みょうじん》への日参と、水垢離《みずごり》を取ることを怠らなかったという。

そして代々世襲《せしゅう》として石田治郎右衛門を名乗り、文化《ぶんか》年間の今は三代目に当たる。場所も変わらず、八辻ケ原《やつじがはら》の南、神田竪大工町《たてだいくちょう》である。

ところが三代目が三年前に早死してしまい、小夏は齢《よわい》二十三にして若後家《わかごけ》となってしまった。子は授かっていなかった。

一時はしかるべき養子をと、八方手を尽くしたこともあったが、なかなか眼鏡《めがね》に適った者が見つからず、頓挫《とんざ》したままである。

これでは石田の家も三代で終わりかと、口さがない世間は噂しているが、気丈な小夏は女の細腕で纏屋を潰すまいと、後家の頑張りを通している。

二十六の年増《としま》で後家というと、脂ののった貫禄《かんろく》たっぷりな女将を想像するが、小夏は違うのである。

しなやかな躰つきで、女にしては背丈があり、鼻筋の通った瓜実顔《うりざねがお》に富士額《ふじびたい》も美しく、また凛々《りり》しく秀でた男眉《おとこまゆ》を具《そな》え、気を張って生きている者特有の、烈々と燃え立つ負けじ魂のようなものを感じさせる女だ。

早い話が、江戸前のすこぶるつきのいい女なのである。

実家は銀座《ぎんざ》近くの葺屋町《ふきやちょう》で、槍屋を営んでいる。つまり槍屋の娘が、纏屋に嫁《とつ》いだのだ。

石田の家は旅籠《はたご》のような大きさで、八人の纏職人のほかに、番頭もいれば女中もいる。その石田の家の、母屋《おもや》とは渡り廊下でつながった離れ座敷に、牙小次郎は夏頃から住みついていた。

離れは総檜造《そうひのきづく》りで、十畳と八畳の二間に、広い土間が取ってある。

彼はある日、いずこからともなくふらりと現れ、小夏と意気を通じ合わせるや、その離れを間借りすることになったのだ。

その際、小次郎はそれまで担いでいた挟み箱を小夏に託した。なかには千両もの小判がぎっしり詰まっていて、それで諸々、日常の賄《まかな》い一切を頼むと小次郎は言った。

小夏は仰天《ぎょうてん》してしまったが、金に目が眩《くら》むことなく、その出どころなども詮索せず、黙って引き受けたのだ。

勝気な小夏だから、相手に本心などはおくびにも見せないが、今まで一度も出会ったことのない類《たぐい》のこの風変わりな男に、封印したはずの女の何かが揺れたような気がしたものだ。

「この絵のどこがおかしいのだ」

小次郎が悪戯《いたずら》っぽいような目で言った。

「だってそうじゃありませんか。ふつう屏風の絵っていったら、風景のなかに人や馬や牛がいたり、山とか谷とか、また家や橋なんぞが描いてあったりするものですけど、この絵ときたら……」

小夏の疑問はもっともで、その屏風絵に人けはまったくなく、衣桁《いこう》にかけられた袴《はかま》や小袖などの衣類がさり気なく、ひっそりと描かれているだけなのだ。それでいて金銀の摺箔《すりはく》を多用しているから、寂しさはなく、むしろきらびやかで眩《まばゆ》いほどで、王朝風の豪奢《ごうしゃ》な匂いさえ放っている。

「色よりも　香こそ哀れと思ほゆれ　誰ケ袖ふれし　宿の梅ぞも」

唐突《とうとつ》に、小次郎が声色《こわいろ》を変えて古今和歌集《こきんわかしゅう》の一節を詠んだ。

小夏は呆気《あっけ》に取られたように、ぽかんとしている。

「これは誰ケ袖屏風といい、平安の昔には衣桁絵、衣桁屏風などと称していたようだ」

「はあ」

小夏は気のない声だ。

平安時代以降、公卿《くぎょう》社会には豪華な衣装によって室内を飾る習わしがあった。華やかな打掛けや、殿舎《でんしゃ》を美しく彩《いろど》った打出《うちだし》など、それらを人目を惹《ひ》く目的で衣桁にかけた。それを衣桁飾りというのである。そしてその衣桁飾りそのものを絵にしたものが、誰ケ袖屏風なのだ。

そういうことを、小次郎が説明した。

しかし、小夏の庶民生活には実感のないことで、ぴんとこないまま、新たな別の疑問が湧《わ》いてきて、

「あのう、ちょいとお尋ねしてもよろしゅうござんすか」

「どうした、改まって」

「今さらなんなんですけど、旦那はいったいどこのどういう御方《おかた》なんですか。今まで聞こう聞こうと思っていて、いつも喉まで出かかるんですけど、なんとなく聞いちゃいけないような気がして遠慮してたんです。この際ですから、ざっくばらんに

打ち明けてくれませんか。どんな秘密でもあたしのこの胸に収めますよ」

迫るようにして、小夏が言った。

だが小次郎は、はぐらかすようなうす笑いで、

「それは言えんな。おまえは何も知らぬ方がよい」

「どうしてですか、随分《ずいぶん》と水臭いじゃありませんか。あたしは大家で、旦那は店子《たなこ》なんですよ。隠し事があっちゃいけない関係なんです」

「詮索は無用にしてくれ」

小次郎が穏やかではあるが、ぴしゃりとはねのけるような口調で言った。

「あら……」

それ以上、小夏は何も言えなくなった。つまらぬことで小次郎の不興《ふきょう》を買い、出て行かれたら事だからである。

それでやむなく口を尖《とが》らせ、恨めしいように小次郎のことを上目遣いにちらりと見た。

彼の方はどこ吹く風という、平然とそんな表情をしている。

二

日の暮れになって、小次郎の許《もと》に来客があった。

それは糸賀屋の主で、もう一人、浪人の客を連れていた。

浪人は正岡継之助《まさおかつぐのすけ》と名乗り、小次郎と対座するや、すぐに本題に入った。

正岡は小次郎の背後に広げられた誰ケ袖屏風に目をやりながら、

「率爾《そつじ》ながら、あの屏風をみどもにお返し願えぬか。ゆえあって一度は手放したものだが、どうしても取り戻したいのだ」

不器用な口調で、そう言った。

「これを返せと？」

小次郎が問い返す。

「はあ……実はあれはみどもにとっては家宝同然のもの。それを一時のつもりで質入れしたのだが、流されてしまい、慌てて金策をして行方をつきとめた。それでようやくご貴殿の許へ辿《たど》り着いたしだいなのだ」

正岡という男は見るからに尾羽《おは》打ち枯らした体《てい》で、月代《さかやき》を伸ばし、痩《や》せて顔色も悪く、気弱な気性らしく、喋《しゃべ》る間はしょぼしょぼとした様子である。それに小次郎と決して目を合わせようとはせず、うなだれたままだ。印象は暗いし、荒《すさ》んでいるようにも見え、卑屈な感じもした。歳《とし》は三十を少し出たところと思えた。

小次郎が黙っていると、糸賀屋が遠慮がちに口添えをして、

「いかがなものでございましょう。この話はなかったものとして、あたくしどもにお返し願えませんか」

小次郎が払った代金を紙包みにして、そっと差し出した。

だが、小次郎はそれには目もくれず、

「どのようないわくのある品かは存ぜぬが、ひとたびわが掌中《しょうちゅう》に収めたるもの。返す気はござらんな」

「そこを曲げて、お願い致す」

継之助が両手を突いた。

「いいや、お断りだ」

日頃、すべてのものごとに寛仁《かんじん》なはずの男が、偏狭《へんきょう》とさえいえる態度である。

「何ゆえでござるか」

「恥を承知の上のことと存ずるが、家宝同然であるならなぜに手放されたか」

「金に困ってのことにほかならぬ。したが仔細《しさい》はお許し下されよ。おなじ浪々の身として、ご斟酌《しんしゃく》願いたい」

「どうか、重ねてお願いします」

糸賀屋も手を突いた。

小次郎は何も言わない。

その後さらに継之助と糸賀屋が交互に頼んだが、小次郎の気持ちは変わらず、やがて二人は諦《あきら》めて帰って行った。

それから夕餉《ゆうげ》を挟み、小次郎がくつろいでいるところへ、また来客があった。

今度は継之助の妻で、美和《みわ》と名乗り、小次郎に向かうと夫とおなじことをくり返した。

誰ケ袖屏風を、どうしても返して欲しいと言う。

小次郎もまた頑としておなじ返答をしていると、美和はふうっと溜息《ためいき》を吐《つ》いて、

「やはり、なりませぬか……」

やるせないような声で言った。

美和は夫の継之助と同年齢のようで、眉を剃《そ》り落とし、お歯黒にして、きちんとした髷には結わず、黒髪をひっつめたようにしている。着ているものも木綿《もめん》の粗衣

で、なりふり構わぬような、そんな生活の労苦が滲《にじ》み出た風情《ふぜい》だ。

しかし、化粧気はなくとも器量自体がなかなかの美形だから、そのつんと尖った形のいい鼻や、きりっとした目許、細く長い首などが垢抜けて見え、貧しさを払《ふっ》拭《しょく》している。影の薄い夫とは大違いなのだ。

「誰ケ袖を質入れしたのには、正当なわけがあるのです。そうでなければ……いいえ、あなた様にお話ししたところで詮《せん》なきこと。この上の繰《く》り言《ごと》はご迷惑でございましょう」

そこでまた溜息を吐いて、夜分に押しかけて申し訳ありませんでしたと言い、美和は辞儀《じぎ》をして席を立った。

その背に小次郎が声をかけた。

「正当なわけとやらを聞こう」

「………」

美和が向き直り、何かを確かめるかのように小次郎の表情を窺《うかが》い、そして元の席へ戻ると、

「お聞き入れ下さいますか」

「うむ」

美和は少しの間、迷うようにしていたが、

「わたくしども夫婦には十三になるひとり娘がございまして、それが過日に急な病いを患ったのでございます。高熱が下がらず、幾日も寝ついて、とことん困り果てました。医家を頼る金もなく、夫婦共々なす術《すべ》をなくし、神頼みをするばかりでございました。このままでは娘は死んでしまう。娘に死なれたら、わたくしども夫婦は虚無《きょむ》にございます」

そこで思案の末、誰ケ袖屛風を質入れし、急場を凌《しの》いだのだと言う。

「今では娘は病いも癒《い》え、すっかり立ち直って、わたくしどももほっと致したところでございます。ところがそうなると、なんとしてでも誰ケ袖を取り戻したく、夫が無理な金策を致したのでございます」

「正岡殿は何をなされている」

「それは聞いて下さいますな。肩身の狭い浪々の身ゆえ、そこのところはお察し下さりませ」

「そうか……」

不意に小次郎が、小さく頭を下げて、

「それはすまぬ」

と詫《わ》びた。

美和が奇異な目を向ける。

「どうやらおれが誤解をしていたようだ」

「と、申されますと？」

「有体《ありてい》に申し、正岡殿はいかにも荒みきった様子ゆえ、長の浪々暮らしで性根《しようね》も曲がったかのように思えた。その手の浪士をよく見ているのでな、おれは先入観を持ってしまったようだ。今のご妻女の話で得心《とくしん》がいった。そういうことなら、誰ケ袖はすみやかにお返し致そう」

「………」

美和の貌《かお》にみるみる笑みが広がった。

笑うと、口許にこぼれるような色気があった。

三

美和のその口許のこぼれるような色気を、有馬備後守久保《ありまびんごのかみひさやす》は忘れていなかった。

前から歩いて来る母娘連れの、母親の方は紛れもなく美和である。

小次郎が誰ケ袖屏風を返した、翌日のことだ。

「殿、いかがなされました」
五、六人の従者のなかの一人が、小声で問うた。
それは日坂掃部介《ひさかかもんのすけ》という初老の武士で、有馬家の側用人《そばようにん》をしている。他は藩士と中間《ちゅうげん》たちだ。

有馬は日坂の問いには答えず、編笠のなかから母娘の方を凝視《ぎょうし》している。

一行はおしのびで、乗物を用いず、外桜田《そとさくらだ》の上屋敷から神田皆川町《みながわちょう》まで来て、名代《なだい》の料理屋で舌鼓《したつづみ》を打っての帰りであった。

やがて母娘が近づいて来て、ずらっと立ち並んでこっちを見ている一行におののき、共に黙礼して行き過ぎた。

「美和ではないか」

有馬が笠のなかから声をかけた。

忘れもしないその声に、美和の足が止まった。

美和はたちまち身を硬くし、娘の千尋《ちひろ》はすぐに母親のその変化に気づき、緊張した。

千尋はまだ十三の小娘で、あどけない顔立ちにふっくらとした頬は、少女特有のものである。器量は美和に似ていなかった。

美和が向き直り、戸惑いと困惑を浮かべつつ、有馬へ頭を下げた。

有馬が笠を上げて顔を覗《のぞ》かせ、美和と目を合わせた。

上総国《かずさのくに》五井《ごい》藩《はん》一万石の藩主で、この年三十四歳、押し出しの立派な偉丈夫《いじょうふ》である。

「久しいの、美和」

有馬の言葉に、美和はその場に膝を折って畏まり、千尋にもそれを倣《なら》わせて、

「殿にはお変わりもなく」

抑揚《よくよう》のない声で言った。

「うむ、息災《そくさい》であるぞ」

「それはよろしゅうございました」

「今はいずこに住まいおる」

美和は住まいを明かすのを少しためらいながら、

「は、はい……神田雉子町《きじちょう》、与兵衛店《よへえだな》なる裏店《うらだな》にて侘び住まいを」

「苦労致したか」

美和としては本当のことは言えないので、

「いえ、さほどのことは……」

「継之助はどうしている」

「つつがなく、暮らしおりまする」

夫が日傭《ひようと》取りの仕事をしているとは、言えなかった。

「余はの、その方たちにはすまぬことをしたと思うている。あれから藩財政を立て直し、今では借財も大分減った」

「それは喜ばしきことにございます」

美和は終始伏し目がちに答えている。

「それなるは、そちの娘か」

有馬が千尋に視線を注いで言った。

それに美和はなぜか狼狽《ろうばい》して、

「さ、左様にござります。千尋と申し、十三に相《あい》なりまする」

美和にうながされ、千尋はどぎまぎしながら辞儀をした。

「そうか、千尋か」

「はい」

千尋はそれだけ言うのがやっとだ。

「ではまた会おうぞ」

そう言うと、有馬はあっさり身をひるがえした。

従者たちがその後を追って行く。

美和はそこから早く立ち去りたく、千尋をうながして逃げるように歩き出した。

「母上、今の御方は、以前に父上がお仕えしていたお家のお殿様なんですね」

「そうです。有馬備後守様です」

「父上はなんのお役だったのですか」

「勘定方《かんじょうがた》の下級者でした」

「今の様子では、お殿様も母上に親しいお言葉を」

「いいえ、決して親しくなどありませんよ」

美和が言下に否定する。

「それに、その方たちにはすまぬことをしたとお殿様は言ってましたけど、なんのことですか。父上はどうして藩を去ったのですか」

千尋がさらに問うた。

「おまえの与《あずか》り知らぬことです。それ以上の詮索はするでない」

怕《こわ》いような美和の語気に、千尋はそれきり口を噤《つぐ》んだ。

「美和殿、待たれよ」

背後から声がし、日坂が追って来た。

美和が立ち止まり、また戸惑いを浮かべて彼を見迎えた。

千尋がまごついたように、身を引いた。

「みどもは日坂掃部介と申す。わしのことはあまり知らぬようだが、当方はよう存じておるぞ。そこもとは城下では評判の美人だったからの。早いものだ、もう十四年に相なる。当時わしは郡奉行《こおりぶぎょう》をしておったのだが、今ではお側御用に取り立てられた。会えて嬉しいぞ、美和殿」

日坂が何を言いに戻ったのか、美和はやや苛立ちながら、

「何を仰《おお》せられますか。女の盛りはとうに過ぎてございます」

「そんなことはない。殿も瞠若《どうじやく》なされておられたわ」

そこで金包みを取り出し、すばやく美和に握らせて、

「殿からのお心遣いだ。暮らしの役に立てなさい」

「こ、このようなことをされては……」

「よいよい、ではまた会おうぞ」

日坂がくるっと踵《きびす》を返し、立ち去った。

美和は手のなかの金包みを握りしめ、茫然《ぼうぜん》と佇立《ちょりつ》している。有馬備後守の情けを、心から喜ぶ気にはなれなかった。できることなら突っ返してやりたい思いだ。そのふんぎりがつかなかったのは、暮らしの重さだった。それは干天《かんてん》の慈雨《じう》に等しい金だったのだ。

そして思いがけない有馬との邂逅《かいこう》に、美和の心に暗雲が立ち籠《こ》めたような気がした。

彼女の胸が、ざわざわと波立った。

四

「殿に出くわしたというのか」

継之助は美和からその話を聞かされ、暗然たる面持《おもも》ちになった。

美和も鬱然《うつぜん》とした様子だ。

そこは神田雉子町の裏通りにある正岡家の住居で、二階建長屋である。といっても独立した家屋とは異なるから、一階に六畳間と土間、二階は四畳半だけの狭小な造作《ぞうさく》だ。夫婦は一階に、娘は二階で起居している。

道の整備や土手の補強などの日傭取りの仕事は不安定で、雨が降るとなす術がなくあぶれてしまう。それでは暮らしが立ち行かないから、かつて勘定方にいた腕を活かそうと親方に願い出て、今では算盤《そろばん》を弾《はじ》かせて貰っている。人足《にんそく》の賃金計算など、継之助にとってはお手のものなのだ。

元々力仕事は向かないから、それでやや安定を得られるようになって、美和共々、今はほっとしていた。

三人で夕餉を終え、千尋は梯子段《はしごだん》を昇って二階へ上がったから、二人の会話はしぜんと小声になった。

そこで美和は、昼に備後守久保に会ったことを明かしたのだ。

千尋はまだ起きていて、絵草紙でも読んでいるようで、時折、娘らしい屈託《くったく》のない忍び笑いが聞こえている。

夫婦の背後には、誰ケ袖屏風が広げられていた。

きらびやかで王朝風のそれだけが、この陋屋《ろうおく》にそぐわないように感ぜられる。

「それで、殿はどのようなご様子であった」

「特段これといったことは……」

美和は何かを思い巡らせていたが、

「旦那様は日坂掃部介殿という御仁をご存知ですか」

「日坂？　あの男も一緒だったのか」

継之助が唇を曲げて言う。

「以前は郡奉行でしたが、今はお側御用に取り立てられたとか。わたくしは存ぜぬ御方でした」

「ふん、あの男らしいな。あれは昔からの佞奸《ねいかん》の徒なのだ。うまいこと殿に取り入ったのであろう」

「その日坂殿が殿からと申され、これを」

手つかずの金包みを差し出した。

継之助がその封を切ると、なかに一分金が二枚入っていた。一両の半額だ。

「どういうつもりだ」

「暮らしの足しにせよとの仰せで……わたくしも忸怩《じくじ》たる思いが致しましたが、拒むことはできませんでした」

「うむ、口惜《くちお》しいな……おまえの気持ちもわからぬでもないが、こんな目腐《めぐさ》れ金……腸《はらわた》が煮える思いぞ」

「申し訳ありませぬ」

「よし、この金子《きんす》は思い切り使ってしまえ。おまえと千尋とで着物でも贖《あがな》うがよい」

「いいえ、着るものは足りております。それに今さら着飾ったとて……では三人でどこぞでおいしいものでも食べましょう」

「うむ、それがいい。後腐れなく使うのだ」

自棄《やけ》じみて言う継之助の様子に、美和がそっと失笑した。

それで夫婦の間が少し和《なご》んだ。

美和が気づくと、継之助の視線は誰ケ袖屏風に注がれていた。

「何をご存念でございますか」

「あれを古道具屋から買いつけた御仁のことを考えていた」

「妙なお名前でございました。確か牙小次郎様とか」

「恐らく世を忍ぶ仮の名であろう。まっこと不思議な御仁であったわ」

「同感でございます。旦那様とは異なり、おなじ浪々の身でありながら、どうしてあのように優雅でいられるものかと、首をかしげました。されど……」

そこで美和は言葉を継ぎ、

「お会いした当初は気難しいようにも思えましたが、決して悪い御方では」

「そうなのだ。結局はあれを返してくれたのだからな。しかし、おれに対してはつむじを曲げられたようだ」

「そのことは詫びて下さいました」

「おれのように暮らしに四苦八苦している浪人が尋常《じんじょう》なのに、ああいう人もいる。世の中は広いものだな」

「ええ、いろいろな御方がおられます」

「美和、これからはよく注意致せよ。二度と殿に会わぬようにしろ」

「はい。虫酸《むしず》の走る思いは、もう沢山《たくさん》でございます」

継之助が一家の結束をうながして、

「よいか。われら三人、この世にはそれしかないと思え」

「はい」

五

その骸《むくろ》は柳原土手《やなぎはらどて》を転がり落ち、新《あらた》シ橋《しばし》の橋杭にひっかかるようにして、下半身を神田川《かんだがわ》に浸《つ》けていた。

下っ引きの何人かがそれを引き揚げ、土手下の筵《むしろ》の上に寝かせると、多量の水がその躰から流れ出た。

骸は夜鷹蕎麦《よたかそば》の亭主らしく、そう書かれた半纏《はんてん》を着て、土手の上には主を失った屋台が放置されていた。

朝の陽光が燦々《さんさん》と辺りに降り注いでいる。

田ノ内伊織《たのうちいおり》が骸に屈《かが》んで丁重に拝み、検屍《けんし》を始めた。

彼は南町奉行所定廻《じょうまわ》りの老同心で、鶴《つる》のように痩せて頭髪はほとんどなくなり、申し訳のように細い髷を結っている。六十過ぎと思われ、すっかり枯れて、いかにも好々爺然《こうこうやぜん》とした男だ。

その横で検屍を手伝うのは、岡《おか》っ引《ぴ》きの三郎三《さぶろうざ》である。

この男は世間では紺屋町《こんやちょう》の三郎三と呼ばれていて、威勢のよさと直情径行ぶりが取《と》り柄《え》の、まだ駆け出しの親分だ。歳も二十三と若く、小柄な上に貫禄が具わってないから、時に使い走りの下っ引きに間違われ、本人はそのつど腐るのだ。いつもやる気満々で、顔つきは喧嘩《けんか》っ早い猿を思わせた。

この主従はどう見ても年寄と孫のようで、波長が嚙《か》み合わないこともしょっちゅうなのだ。

「旦那、あっしゃこの父《と》っつぁんを知ってやすよ。彦十《ひこじゅう》といって、あっしがまだがきの時分からここで商売をしておりやした」

「家族はどうなのじゃ」

「彦十さんとは何度も話しておりやすが、そういやぁ家族のことは聞いたことが。住まいはわかってやすから、すぐに下っ引きをやらせやしょう」

「ふむむ……この痕口《きずぐち》を見るに、どうやら侍に斬られたようじゃな。それは歴然としているわ。袈裟《けさ》懸《が》けにされて、一刀両断じゃ」

「辻斬りですかね」

「それはなんとも言えんが、むご過ぎるな」

「むごいのはわかってやすよ。ともかく下手人《げしゅにん》を割り出さねえことには」

「しかし、相手が侍となると厄介《やっかい》じゃぞ。浪人者ならまだしも、身分のある者であらば町方の手は及ばぬ」

「身分があるからって、なんだってんです。そういう奴ほど、あっしゃ許せねえや」

「おまえはまだ若い。一本気もよいが、それだけでは世間は通らんのだぞ。よく考えて行動しなさい」

田ノ内の説教に、三郎三はひそかに舌打ちして、

「恐らく斬られたのはゆんべのことでしょうから、見出人《みいだしにん》（目撃者）を探しやすよ」

「当てはあるのか」

「旦那、ここは柳原土手ですぜ。夜の姫君がわんさかいるじゃねえですか」

「夜の姫君だと」

「嫌だなあ、世間知らずなんだから。夜鷹の姫君のことですよ」

六

それから半日経《た》って、三郎三は竪大工町の石田の家へ姿を現した。

帳場にいた小夏が帳面から顔を上げ、

「こりゃ紺屋町の親分、お珍しい」

そう言われると、三郎三はすぐに相好《そうごう》を崩して、

「言ってくれるねえ、おい。おいらのことを親分と呼んでくれるのは、ここの若女将だけだぜ」

「あはは、若女将だなんて思ってもいないくせして」

顔を合わせれば軽口を飛ばし合うこの二人は、旧知の間柄なのである。

帳づけを手伝い、算盤を入れていた番頭の松助《まつすけ》も笑顔を向けて、

「親分、若女将と呼ぶのはいい心掛けでござんすよ。この女将さんはまるっきりおだてに弱いんですから」

と言った。

松助は四十になる堅実な男で、小夏の後ろから石田の家を支え、陰の補佐役を務めている。妻子持ちで、鍋町《なべちょう》の裏店に住み、ここへは通いの身だ。

「ええ、もっとおだてて下さりゃ、あたしゃ屋根にだって登りますよ」

三郎三と松助が笑う。

「で、今日はなんだい、親分」

小夏が聞くと、三郎三が親指を突き立て、

「これはいるかい」

「牙の旦那なら奥でごろごろしてますよ」

小夏が帳場を松助に任せ、三郎三をうながして奥へ向かった。

それで小夏は離れへ来るなり、誰ケ袖屏風がなくなっていることに気づいて、

「あら、旦那、誰ケ袖はどうしちまったんですか」

肘《ひじ》を枕に横になっていた小次郎に問うた。

小夏はしょっちゅうここへ出入りしているわけではないから、小次郎の許に正岡夫婦が来たことも、屏風が返されたことも、何も知らなかったのだ。

「あれか、あれは持ち主がどうしても返してくれと言うから、希《のぞ》み通りにしてやった」

「どんな持ち主なんです」

「雉子町に住む浪人者の夫婦だ」

「だってあれは、旦那が気に入ってたんじゃないんですか」

「気に入ってはいたが、夫婦の熱意に負けたのだ」

「旦那、どうもこんち、結構なお日和《ひより》で」

三郎三が二人の間に割って入り、

「いってえなんなんですか、その誰ケ袖とやらは」

「屏風のことですよ」

「屏風？」

「親分も見たら呆れますよ。人や生き物なんぞが描いてなくて、衣桁にかけられた衣類だけが描いてあるんです。そんなのって、どう考えても変でしょう」

「さあ、見てみねえことには……けど旦那が気に入ったんなら、そこになんかがあるんでしょうねえ」

「なんかって、なんですか」

「まあその、若女将にゃちょっと……つまりは侘寂《わびさび》のあれでござんしょう。おいらにゃわかるなあ。ねえ、旦那」

「学があるな、おまえ」

小次郎が心にもないことを言う。

「ほら、ねっ」

三郎三は小夏へ得意顔だ。

「ふん、どうせあたしなんかにゃわかりませんよ」

小夏はぷいっとふくれっ面《つら》になる。

「今日はなんだ、三郎三」

小次郎が三郎三に向き合った。

三郎三が真顔になり、膝を進めて、

「ちょいとお力をお借りしてえことが持ち上がったんで」

「どんな事件だ」

「ゆんべ、柳原土手で夜鷹蕎麦の父っつぁんが斬り殺されたんでさ」

「侍の仕業《しわざ》だな」

三郎三がうなずいて、

「田ノ内の旦那もそう言っておりやした。それで見出人を躍起《やっき》になって探しやしてね、その犯科《はんか》を見てた夜鷹がどうにか見つかったことは見つかったんですが、そのう……」

「どうした」

「具合がよくねえんですよ。十手《じって》持ちは嫌えだとぬかしやがって、その夜鷹は貝のように口を閉ざして何も言わねえんです。それどころか、どっかへ行方《ゆくえ》をくらましちまいやがって、なに、すぐ見つかりやすがね、それやこれやほとほと手を焼いてるんです」

「田ノ内殿はどうした」

「これがまたほかの事件に引っぱられちまって、あっし一人でよろしくやれと」

小夏が口を挟んで、

「旦那、そういう血腥《ちなまぐさ》い件に関わっちゃいけませんよ。親分もどうしてそんな話を持ち込むのよ」

「だってよ、旦那が乗り出すとすぐに一件落着するんだぜ。こんな重宝《ちようほう》な——」

あわわと口を押さえ、

「いえ、ですから、お知恵だけでも拝借できねえものかと」

「……」

「旦那、これはきっと辻斬り浪人の仕業ですね。そんな奴追い詰めたら何をされるかわかったもんじゃありません。およしんなった方が」

小夏が警鐘《けいしよう》を鳴らす。

小次郎が無言で席を立ち、刀を取った。

「有難え、旦那が腰を上げて下すった」

三郎三が手を打つ。

「旦那ったら、知りませんからね」

小夏は呆れ顔だ。

「小夏、おれのことは心配するな。おれは目に見えぬものに護《まも》られているのだ」

「なんですって」

「悪鬼羅刹《あつきらせつ》の神々がな、後押ししてくれている。許せぬ人でなしを退治してこいとな」

小夏を煙《けむ》に巻き、小次郎が三郎三をうながした。

七

昼の一時《いっとき》、美和は近隣の子供たちを長屋に集め、手習いを教えている。

その数は十数人で、手狭な長屋にはとても一度には入りきれないから、交替制にしている。だから忙しい時などは、昼餉《ひるげ》も抜くほどになる。

継之助は朝から筋違橋《すじかいばし》の近くにある人足小屋へ出かけ、そこで算勘《さんかん》に励んでいる。算盤だけでなく、人手が足りない時は力仕事もやらされる。一日目一杯働いて、彼は日が傾く頃になってようやく帰って来る。

また千尋は千尋で、近くの神田佐柄木町《さえきちよう》の漬物問屋へ行き、その下仕事をやっている。おなじような年頃の娘たちがいるから、彼女はその仕事場が気に入っているようだ。

それが正岡家の毎日だから、一日があっという間に過ぎてしまう。しかし、家族三人が懸命に働いても所詮は零細《れいさい》だから、皆の稼ぎを集めても食っていくのがやっとで、贅沢《ぜいたく》などとてもできない。

やりくりをしながら美和は溜息ばかりなのだが、それでも家族が息災なのが何よりと、自分を慰め、あるいは鼓吹《こすい》して日々を生きている。

その日も、腕白坊主たちに手こずらされながら手習いを教えていると、油障子《あぶらしょうじ》に人影が立ち、「美和殿」と呼ばれた。

まだ耳に残っているあの男の声だ。とっさに怖気《おぞけ》立つような思いがした。

美和は土間へ下りて戸を開け、すっと表情を引き締めた。

側用人の日坂掃部介が、うす笑いで立っていた。

「精が出るの」

「何か御用でしょうか」

自分でも紋切り型の声になっているのがわかった。

「ちと、来てくれ」

日坂にうながされ、美和は子供たちに自習するように言い置き、やむなくその後にしたがった。

嫌な予感がしてならなかった。この男がいい話を持ってくるはずはないと思っていた。

空樽《あきだる》の転がった醬油《しょうゆ》問屋の裏手へ来て、日坂が美和に向き直った。

人けはなく、どこかで念仏を唱える声がしている。

日坂が押し黙ってなかなか切り出さないので、美和は苛立つように、

「御用件をお聞かせ下さいまし。子供たちから目が離せないものですから」

「実はな……」

「はい」

「殿が美和殿に会いたがっておられる。お話があるそうなのだ」

「どんなお話でございましょう」

「わしなどが知る由《よし》もないわ」

「いつでございまするか」

「今宵《こよい》、四谷内藤《よつやないとう》の下屋敷へ来てくれぬか」

美和は動揺し、胸を騒がせるようにして、

「そのような急なお話、困ります」

「急でなければよいのか」

「いえ、それは……そのお話、お受けできませぬ」

「なぜだ」

「わたくしはもうお家とはなんの関わりもないのです。正岡もおなじにございます」

「継之助に用などない。あくまでそこもとなのだ」

美和が困惑して、

「今さら殿が、このわたくしにどんなお話が……日坂殿、よしなに取り計らって下さりませぬか」

「できぬ相談じゃな。わしは殿の忠実な番犬なのだ」

諧謔《かいぎゃく》めいて言うと、

「お側御用のわしがわざわざこうして参ったのじゃ。子供の使いにさせんでくれ」

「でもございましょうが、日坂殿」

美和が食い下がった。

「確《しか》と申し伝えたぞ、よいな」

高飛車《たかびしゃ》な言い方をし、日坂はさっと立ち去った。

「……………」

美和は頭を抱えるようにし、その場にうずくまってしまった。

手習いが終わって子供たちが帰った後も、美和は家のなかで茫然として、何も手につかなかった。

（昔が呼び戻しにきた……）

そう思った。

十四年前まで、美和は有馬備後守久保の側室であった。

父親は馬廻り役の下級武士だったから、娘に殿のお手がついた時は欣喜《きんき》した。それで加増もされた。

彼女が側室に上がったのは十六だった。

しかし、美和はどうしても有馬備後守という男が好きになれなかった。言うこととすることがいつも裏腹で、本意がどこにあるのかわからない男だった。

時に残虐《ざんぎゃく》な片鱗《へんりん》を垣間見せ、女子供には手を出さないものの、若党《わかとう》や中間のちょっとした不始末に逆上し、必要以上の打擲《ちょうちゃく》を与えたりした。

美和は知らないが、斬り殺された者もいるという。

しかも有馬の性愛は執拗《しつよう》で、陰湿だった。

やがて側室は二年ほどで解かれ、彼女は勘定方の正岡継之助に下げ渡された。それは有馬のほんの気まぐれだったようだ。子供のようなもっと若い側室に、有馬は熱中し始めたのだ。

拝領妻と承知で、継之助は美和と祝言《しゅうげん》し、すぐ次の年に千尋が生まれた。美和は申し訳ない気持ちが先立ち、にわかには継之助に心を開くことができなかった。

その頑《かたくな》な美和の気持ちを解きほぐし、継之助は時をかけて愛情関係を育んでいった。

そうされるうちに美和の心もしだいに融和して、継之助という男に傾いた。側室だった頃は有馬の玩具《おもちゃ》で、継之助を知ってから、女として初めて人間らしい生活を手に入れた気がした。

かつて娘の出世に小躍りし、欲に目の眩んだ両親とは、おなじ城下に住みながらすっかり疎遠になっていた。

有馬が美和を顧《かえり》みることは二度となかったので、勘定方の小役人に与えられた小屋敷で睦《むつ》まじい夫婦生活がつづいた。

しかし、その頃五井藩は財政難にみまわれて困窮《こんきゅう》していた。わずか二百二十九人の藩士を食わせていくことができず、藩は何十人かの口減らしを始めた。

そしてそのなかに、継之助も入っていたのだ。

藩が潰れたわけでもないのに、その何十人かは浪々の身となり、国を捨てた。

それで継之助と美和は、江戸へ出て来たのである。

浪々の暮らしも十年になると、元からそうであったかのような錯覚を覚えた。ともかくこの江戸の地で、親子三人、生きていくしかないのだ。

そんな正岡家の暮らし向きが固まった今になって、たとえ偶然の再会にしろ、有馬は美和になんの話があるというのか。

しかし、意に従わねばどういうことになるか。ないがしろにされて、有馬が黙って引き下がるとは思えなかった。急な転宅をして行方をくらますこともできようが、それには継之助と千尋を説得せねばならない。

（躰を求められたらどうしよう）

それを拒む力は美和にはなかった。

たとえ身を汚されても、夫や娘を残して死する気にはなれなかった。有馬に抱かれることを想像するだけで、身の毛のよだつ思いがした。そんなことにならなければよいがと、祈るような気持ちになった。

これは美和にとっては、災厄《さいやく》としか言いようがなかったのだ。

だが夜逃げをするほどのことだろうか。

（考え過ぎかも知れない）

美和はそうも思った。

有馬も歳を取ったのだから、単に美和と昔話をしたいだけなのかも知れなかった。

それなら一時の我慢《がまん》で済む。

そうして心を千々に迷わせているところへ、珍しく継之助がいつもより早く帰宅した。

その継之助に、美和はとっさの作り話をした。

「三年ほど前、手習いの子の一人に福田屋《ふくだや》と申す青物屋の倅《せがれ》がいたことを憶《おぼ》えておられますか」

継之助は面食らって、

「そう言われてもなあ……わしにはどの子がどれやら、とんと見当もつかぬぞ」

「福田屋は駿河台《するがだい》の方へ転宅したのですが、先ほど近くで女房と会いまして、三月《みつき》前に妹が生まれたと申すのです」

「めでたいことではないか」

「ええ、それでこれからお祝いに行こうかと存じまして。よろしゅうございますか」

福田屋の転宅の件は本当だったが、妹の生まれた話は嘘だった。嘘をつくのに、とむらいだと喪服で行かねばならぬから、祝い事にした。

継之助はなんの疑いも持たず、晩飯は千尋の帰りを待って外で食べると言った。

それで美和は、滅多に袖を通すことのない小袖に着替え、髷もきちんと整えて、薄化粧を施して長屋を出た。

そうして身装《みなり》を整えると、美和はひっつめ髪で裏店に住む浪人の妻には見えず、清楚《せいそ》な色気を漂わせた。

後ろめたくてならず、なぜこんな嘘をついてまで有馬に会いに行かねばならぬのか、腹立たしささえ覚えた。

ともかく早く済ませて、帰りたかった。

八

夜鷹のお芳《よし》は、柳原土手に店を出したおでんの屋台に陣取り、宵《よい》の口から酒を飲んでおだを上げていた。

三十半ばの大年増だが、可憐《かれん》な顔立ちをしており、それを厚化粧で強調し、客に娘のような錯覚を抱かせるように造っている。しかし、身装は貧しく髷も崩れてざんばらに近い。

相手をしている初老の亭主は迷惑そうだ。

「あたしゃね、こう見えてもいい所の出なんだよ」

「大店《おおだな》のお嬢さんだったんだろう。もう何遍《なんべん》も聞いたぜ。柳原土手の夜鷹はみんないい所の出らしいな」

亭主が皮肉混じりに言う。

「ふん、あたしのは正真正銘なんだよ。それがちょっとした身の不運を招いて、転落しちまったんだ」

「男に入れ揚げたおめえが悪いんじゃねえのかい」

「違うよ。弟が無実の罪を着せられて、それが転落の始まりだったんだ」

「この前は妹だって言わなかったかい。まあどっちにしろ、いつまでも夜鷹なんぞやってたら浮かぶ瀬はねえぞ」

「妹じゃないよ、弟だよ。だからね、弟に寄ってたかってひどいことをした岡っ引きどもを、あたしゃ恨んでるのさ。十手持ってる奴はみんな嫌いだね。口も利きたくないよ」

どこまでが本当か嘘かわからないから、亭主は身を入れて聞いていない。

そこへ不意にすっと小次郎が現れ、お芳の隣りの床几《しょうぎ》にかけた。

冷厳《れいげん》なその横顔を見て、お芳は胸をどきどきさせた。

小次郎は亭主に冷や酒を頼むと、

「亭主、昨夜この辺りで辻斬りがあったようだな」

お芳を無視して亭主に話しかけた。

「へえ、そうなんで。彦十の父っつぁんはあっしも古馴染《ふるなじ》みだったんで、胸が痛みましたよ。物騒だから、今日は早じめえにしようかと思ってやす」

「おまえは何も見てないのか」

「父っつぁんは大分先の、新シ橋で商売してたんで、こっからは何も見えも聞こえもしやせん」

「………」

「旦那、なんでまたそんなことをお尋ねに」

「辻斬りをするような輩《やから》が許せんからだ」

「す、するってえと、旦那がお調べんなるおつもりで」

「役人などには任せておけん」

「その通りでさ、奴らは上《う》っ面《わ》の詮議しかしやせんからね」

「それで手掛かりを求め、こうして聞き廻っている」

そう言うと、小次郎は下を向いて黙りこくっているお芳を見て、

「おまえ、ここいらの者か」

「え、ええ、左様でございます」

お芳が居住まいを正して答える。

「昨夜もこの辺りにいたか」

「はい、まあ、いることはいましたけど」

それは夜鷹だから当然で、そのことは小次郎は百も承知の上で、

「では何か、見たり聞いたりしていないか」

「………」

「どうなのだ」

「実はあたし、見たんです」

お芳が蚊《か》の鳴くような声で言う。

小次郎が表情を変えずに、

「何を見たのだ」

「あ、でも……どうしようかしら……見知らぬ御方にこんなことを……」

お芳がもじもじとして思い悩む。

亭主が割り込んで、

「おめえ、そりゃ本当なのかよ」

「本当だよ」

お芳がむきになる。

「旦那、この女は大法螺《おおぼらふ》吹きですからね、気をつけた方がようござんすぜ」

「何言ってるんだい。あたしゃ本当に見たんだよ。知らない人の前で大法螺吹きだなんて言わないどくれ、人聞きの悪い」

亭主に抗議しかかって小次郎と目が合い、お芳はしなを作るようにして下を向き、

「旦那、信じて下さいよ。ゆんべ新シ橋ん所で彦十父っつぁんが斬り殺されるのを、あたしは見たんです」

「どんななりゆきで斬られたのだ」

小次郎が落ち着いた口調で問うた。

「父っつぁんが商《あきな》いをしてましたら、ご身分のありそうなお侍の一行が通りがかったんです。そうしたら――」

「待て、それは何人ほどだ」

「お侍が三人で、後の二、三人はお中間でした。その時、父っつぁんが柄杓《ひしゃく》の湯をお侍の一人に粗相《そそう》してぶっかけちまったんです。袴から湯気が立ち昇ってるのをこの目ではっきり見ました。するとそのお侍がとってもお怒りんなって、抜く手も見せずに父っつぁんを斬りつけたんです。父っつぁんは叫んだかと思ったら、そのまま土手を転がり落ちて行きました。あたしはもう怖くって、土手に腹這いになってがたがた震えてたんです」

「では侍の顔などはわからんな」

小次郎の声に落胆が混ざると、お芳は慌てたように、

「いいえ、お顔は知りませんけど、でもお中間が持ってた提灯《ちょうちん》に御家紋《ごかもん》が打たれてあったのを見たんです」

「その紋様は」

「左《ひだり》三《み》つ巴《どもえ》でしたよ」

「左三つ巴……」

小次郎の目にひそかな光が走った。

九

酒料理のもてなしを受け、美和は当惑していた。

目の前に座った有馬備後守は、泰然《たいぜん》として盃を口に運んでいる。

人払いがなされ、四谷内藤の五井藩下屋敷は静まり返っていた。

気詰まりな時が流れ、美和は息苦しさを覚えてきた。

「殿、お話と申されますのは……」

おずおずと切り出した。

すると有馬は意味ありげな笑みを混え、

「芍薬《しゃくやく》の蕾《つぼみ》であるな」

そう言った。

なんのことかわからず、美和が怪訝《けげん》顔を向ける。

有馬はさらに満面の笑みになり、

「わからぬか。おまえの娘のことを申しているのだ」

「千尋のことを……」

美和の表情が変わった。

「そうだ、千尋だ。あれは食べてしまいたいほどに可愛いのう」

「………」

美和の胸に重いものがずしんと落ちた。

そうだったと、思い当たった。

有馬は異常なほどの少女偏愛者だった。自分が側室に上がったのも、汚れを知らぬ蕾《つぼみ》の時であった。なぜそれに早く気づかなかったのか。こんな三十路《みそじ》を過ぎた美和の躰になど用はないのだ。有馬は暗《あん》に千尋を差し出せと言っている。

(冗談ではない。とんでもない話だ)

手塩にかけて育ててきた千尋を、どうしてこんなけだものの餌食《えじき》にさせねばならないのか。

理不尽を通り越して、痛憤《つうふん》が込み上げてきた。

だがその内心を押し隠して、

「殿にお褒《ほ》め頂き、身に余る幸せに存じまする。それではわたくしは、これにて」

冷たい顔になって一礼し、そそくさと席を立とうとした。

「まだ話は終わっておらぬぞ、美和」

「なんのお話でございましょう」

精一杯、惚《とぼ》けてみせた。それは娘を必死で守る母親の顔だ。

「千尋のことだ」

「わたくしの娘を、どうしろと仰せで」

半ば開き直って言った。

「側室に差し出さぬか」

「まあ、お戯《たわむ》れを」

笑おうとしたが、笑えなかった。

このことは断固、阻止せねばならない。

それは彼女が、必死になる理由がほかにあるからなのだ。

「戯れではない。わしは真剣なのじゃ。千尋を初めて見て以来、恋をしてしもうた」

美和は胸が悪くなって、

「殿、わたくしどもはすでに一介の野人《やじん》に過ぎませぬ。ですからお家とはなんの関わりもないのです。側室うんぬんなど、とても受け入れられるお話ではございませぬ」

「これでどうじゃ」

有馬が袂《たもと》をまさぐり、小判五枚を取り出して無造作に放った。

その剝《む》き出しの小判を見て、美和は烈《はげ》しい屈辱に逆上した。

「娘を金で売るなど、とてもできませぬ」

「足らぬか。もっと欲しいか。今は用意がないが、幾《いく》らでも出すぞ。千尋はそれだけの値打ちのある娘なのじゃ。惚れているのだ。わしの心を思いやれ」

「いいえ、そのお話はこれまでにして下さりませ」

ご無礼をと言い、美和は青い顔で足早に立ち去った。

有馬は追うことはせず、うす笑いで酒を飲みつづけている。

隣室の襖《ふすま》が静かに開かれ、日坂掃部介が入って来た。

有馬の前に侍《はべ》るなり、そつなく酌をして、

「困りましたな、殿」

どうやら隣りで一部始終を耳にしていたらしい。

「美和は何ゆえわしの申し出を断るのだ。娘の出世が嬉しくはないのか」

「はあ、それがしが考えまするに、美和は殿に思いを残しておりまするな。恐らくその昔に捨てられたことを、お恨み申しているのでござりましょう。喉から手が出るほど金は欲しいのですが、意地を張っているのです。いえ、あるいは娘の値を釣り上げようとしているのやも知れませぬぞ」

佞臣《ねいしん》ぶりを発揮して、話をねじ曲げてへつらった。

「ふん、美和などに用はないわ。あのような姥桜《うばざくら》を抱けば、わしの刀の名折れじゃ」

「はい、殿の名刀が錆《さ》びついてしまいます」

そこで二人は卑猥《ひわい》な笑い声を上げ、

「日坂、なんとか致せ。わしの恋を成就させてくれい」

有馬が真剣な表情で言った。

「それがしにお任せ下さりませ」

日坂が含んだ目で請負《うけお》った。

十

美和が帰って来ると、継之助は酒も飲まずに起きて待っていた。

二階からは千尋の寝息が聞こえている。

「遅かったではないか」

「………」

美和は目でうなずいただけで何も言わず、台所へ行って酒の支度《したく》を始めた。

「どうだ、赤子《あかご》は可愛かったか」

「………」

「おい、どうした、何かあったのか」

押し黙っている美和に不審を感じ、継之助が問うた。

美和は台所からふり向くと、

「ございました」

怕いような目で言った。

継之助が戸惑いの表情になる。

美和は酒の膳を整えると、それを継之助の前に置いて向き合い、

「わたくしにもご相伴《しょうばん》させて下さい」

「よかろう」

継之助がまごつくようにしながら、美和に酌をした。

美和はそれをひと息に飲み干し、

「旦那様、ここを転宅せねばならぬことに」

「転宅？　いったいどうしたのだ、藪《やぶ》から棒ではないか」

「その前にお詫びを」

「なに」

「今宵、青物屋の家へ行ったと申したのは嘘なのです」

「……」

「殿に呼ばれ、四谷内藤の下屋敷へ行っておりました」

継之助がきっと目を尖らせて、

「そ、その方、まさか殿と……」

「ご案じなさいますな、そのようなことは決して。そうなったらどうしようと、一抹の不安を抱えて参りましたが、いらざる懸念《けねん》でございました」

「では殿はどんな用があったのだ」

「千尋が気に入ったゆえ、側室に差し出せと申すのです」

継之助が驚愕《きようがく》し、とっさに二階へ目を走らせた。

「それは真《まこと》か」

思わず小声になっている。

美和がうなずき、

「むろんお断り致し、逃げるように出て参りましたが、道々考えまするに、あの殿が千尋を諦めるとはとても思えませぬ」

「ふん、殿のご気性はおまえが誰よりも知っておるからな」

不遜《ふそん》な言い方になったことにすぐ気づき、

「いや、すまん。昔のことを取り沙汰するつもりはないのだ」

「そんなことはよろしゅうございます。旦那様のお気持ちもごもっともです。それよりここを出ねば、家中《かちゅう》の方々が千尋を連れに参りましょう」

「ああ、そうだな。そうなったら抗《こう》する術はない。早速明日からでも家を探そう」

「皆、それぞれこの地に馴染んだと申すに、無念でなりませぬ。殿にさえお会いしなければ、こんなことには……」

美和がさめざめと泣く。

「それを申したところで、もはやどうなるものでもない。ともかく家族の無事が何よりであろう」

「旦那様、こんなわたくしのために とんだ災いを……元はと申せば、すべてわたくしが悪いのです」

「もうよせ、つまらん泣きごとを言うな。過ぎたことを悔やむより、目の前の茨《いばら》を取り除くことが大事だぞ」

十一
「旦那、左三つ巴、わかりやしたぜ」

小次郎の前に座るなり、三郎三が意気込みをみせて言った。

そのそばで、小夏が茶を淹《い》れている。

石田の家の離れである。

「どこの家中であった」

小次郎が問うた。

「上総国は五井藩一万石、ちいせえ藩ですよねえ。それから、ええと……」

捕物帳を取り出してなかを開き、

「外桜田に上屋敷、鉄砲洲築地《てっぽうずつきじ》に中屋敷、四谷内藤に下屋敷がごぜえやす。たった一万石の上がりでこんなにお屋敷を持てるんですから、お大名ってなやめられやせんね」

さらにそれを読み進めて、

「この藩は天明《てんめい》元年（一七八一）にできたばかりで、まだほやほやでござんす。三十年とちょっとしか経っちゃおりやせん。それでと、代々有馬家というのが治めておりやして、今の殿様で三代目になりやす。ちなみに殿様は三十四歳ということで」

「よくそれだけ調べたわね、親分」

小夏が感心する。

「いや、その、田ノ内の旦那に手伝って貰ったのさ。おいらは書き写しただけ」

「なあんだ」

大名家内部の詳細は、武鑑《ぶかん》を見ればすぐにわかるのだ。

「それより旦那、彦十の父っつぁんを辻斬りした下手人は、このご家中の誰かってことですよね」

「恐らくな」

「そうなるってえと、こいつぁちょっと……町方はうっかり手を出せやせんぜ」

三郎三が尻込みする。

「だからと申して、のさばらしておいていいという法はあるまい」

「へえ、もちのろんなんですがね……」

「小夏、手許不如意《てもとふにょい》だ。一両出してくれ」

小次郎が言い、小夏が承知する。

一両と聞いて、三郎三はびっくりした。

この程度の調べで一両も貰っては悪いと思い、なんと言って辞退しようかとあれこれ悩み始めた。

しかし、折角《せっかく》小次郎がくれるというものを、断っては失礼だとも思うし、どうしたものかとくよくよしていると、席を外した小夏が戻って来て、小次郎に一両を手渡した。

（参ったな、いくらなんでも一両は多過ぎるぜ……）

今夜は鰻《うなぎ》にしようか天ぷらにしようか、それもまた新たな悩みで、とりあえず日が暮れたら、ふだん行かないちょっと高級な小料理屋へ行き、そこでまずは極上の酒にありつこうと、そう決めた。

しかし、牙の旦那は相変わらず気前がいいなと思いながら、殊勝《しゅしょう》げに頭を垂れていると、小次郎が出かけて来ると言い、ぷいと出て行ってしまった。

いつでも一両を受け取れるように、遊ばせておいた三郎三の片手が宙に浮いた。

「あれっ、旦那、行っちまうんですか……」

そう言った時には、小次郎の気配はもう消えていた。

「まだ何か話があったの？　親分」

小夏がきょとんとして聞いた。

「いや、別に……そうだよな、もう話は済んだんだよなあ……」

かくんと再び頭を垂れた。

（とほほ……）

なのである。

十二

柳原土手では、夜の姫君たちが大騒ぎして客の取り合いをしていた。

しかし、どんなに厚化粧をして化けたつもりでも、月明《あか》りに寄る年波は隠せず、客の方もよくよく夜鷹を見定めて、若い方から順に売れていく。

（畜生《ちくしょう》、今に見ていろ）

と言いたいところなのだが、その今も未来も夜鷹にはないのだ。

だからその宵も客はつかず、お芳は売れ残り、筵を抱えて土手の道をとぼとぼと歩いていた。

空腹で目も眩みそうだったが、それより何より酒が飲みたかった。酔えばみんな忘れられるし、嫌なことにも蓋《ふた》ができる。

今日で三日つづけて客がつかず、お芳は身も心も干上がっていた。四日前の客は、顔も思い出せなかった。

うなだれて歩いていると、目の前に人が立っていたので、ぎょっとして目を上げた。

昨夜、おでんの屋台で一緒になったご浪人だった。

「んまあ、ゆんべの旦那……」

なぜか知らないが、なつかしいような気持ちになった。

「ひもじそうだな、足許がおぼつかないようだぞ」

「い、いえ、そんなことありませんよ。さっき食い過ぎちまいましてね、腹ごなしに歩いてたんです」

精一杯、虚勢《きょせい》を張った。

若く颯爽《さっそう》とした様子の小次郎に、まさか客になってくれとは口が裂けても言えなかった。

「今日はなんですか、まだ辻斬りを調べてるんですか」

「うむ、もう少しおまえに聞きたいことがあってな」

「なんでも聞いて下さいな、お力になりますよ」

うっとりした声で、小次郎に言った。

「物覚えはよい方かな」

「そう言われると、近頃ちょっと……」

お芳が頭を掻《か》く。

「侍の一行のなかに、何か目につく奴はいなかったか。顔や躰の特徴だ。どんなことでもよいのだ」

「はあ、特徴ですか……」

「皆がおなじというわけはあるまい」

「へえ……」

お芳は懸命に思い出していたが、

「そう言えば、中間の一人が目につきましたね。おでこん所に、握り拳《こぶし》ぐらいの大きな瘤《こぶ》があったんです」

「それは目立つな」

「月明りにぽこっと浮いて見えて、気持ち悪かったです。そいつは四十がらみの肥《ふと》った男でした」

「そうか、よく思い出してくれた」

小次郎がすっとお芳の手を取った。

お芳がまさかと思い、緊張する。

だがその手にひやりと冷たいものが握らされたので、びっくりしてそれを見た。

小判が一枚だ。

「旦那、なんですか、これは」

「おれの気持ちだ」

「どうして」

「それで少し養生し、うまいものでも食うのだな」

「……………」

お芳の目からみるみる泪《なみだ》がこぼれ出た。

小判を持つ手も震えている。夜鷹になって十五年だが、こんなことは初めてだった。

「何もしてないのに、こんなもの貰えませんよ……あたし……あたし……」

泪に咽《むせ》びながら言い、やがてはっとなって見廻すと、もう小次郎の姿はどこにもなかった。

「旦那……」

改めて小判に見入った。

これで酒にありつける。

そう思ったとたんに、正気に戻ったような気がした。

小次郎に言われた通りに養生しよう、と思った。

十三

次の日の夜である。

中間の捨吉《すてきち》は外桜田の五井藩上屋敷を出ると、武家屋敷のつづく道を歩いていた。

これから山城河岸《やましろがし》にある賭場《とば》へ、くり出すつもりだ。

その手には、左三つ巴の家紋入りの提灯が握られていた。

山下《やました》御門を渡ると、とたんに商業地の灯が眩《まぶ》しく目にとび込んできた。微《かす》かに賑《にぎ》わいが伝わってくる。往来の人も増えてきた。

すれ違う人が、捨吉の額の握り拳大の瘤を奇異な目で見て行く。彼はそれに眼を飛ばして行く。

瘤は十年前からだが、そういった露骨な視線にも馴《な》れた。決して素《す》っ堅気《かたぎ》とはいえない中間渡世だから、瘤は時には脅しにもなるのだ。

近道を取って路地を進んで行くと、背後から追って来るような足音が聞こえた。

怪訝にふり返る捨吉の眼前に、ぬっと小次郎が立った。

「おまえに聞きたいことがある」

何やら確信的な小次郎の声だ。

捨吉は後ろ暗いことの一つや二つはいつも抱えている身だから、わけもわからずに狼狽した。

それは逆に虚勢となって、

「おめえさん、誰だ。痛くもねえ腹を探られるいわれはねえぜ」

ぐいっと瘤を突き出した。それにものを言わせたつもりだ。

「語るに落ちたな。何を隠している」

「なんだと」

捨吉から見れば華奢《きゃしゃ》なその浪人に、腹が立ってきた。

「何を言いてえんだ、この野郎」

小次郎の胸ぐらを取った。

「うぐっ」

だが呻《うめ》き声を上げたのは捨吉の方だった。

小次郎に手首をねじられ、その痛みに顔を真っ赤にさせた。そのままだらしない恰好《かっこう》でしゃがみ込む。

その顔面に、小次郎の拳が炸裂した。

がつっ。

いきなりの打撃に、捨吉は目から火が飛んだ。ぱあっと鼻血が噴き出す。腰の手《て》拭《ぬぐ》いを抜いて口許に押し当てた。

小次郎は冷厳な目で見下ろしている。

相手を甘く見たことを後悔した。おののいて見上げると、小次郎の影は威圧的で、怖ろしくさえ見えた。

「お、おめえさん、なんだってこんなことを……」

「四日前のことを思い出すのだ」

（四日前……）

捨吉がはっとなって顔を強張《こわば》らせた。

「その晩、おまえたち主従は柳原土手にいたな」

「へっ……」

「そこで何があった」

「あ、あっしじゃねえんだ」

烈しくうろたえた。

「おまえでないことはわかっている。侍が三人いた。夜鷹蕎麦の亭主を斬ったのはそのうちの誰だ」

「……」

捨吉が辺りに必死の目を走らせ、だっと逃げようとした。

小次郎がすばやく動き、足に足を絡《から》めた。

捨吉が前に倒れ伏し、また呻いた。

分厚い背中を小次郎が踏んづけた。

「誰が斬った」

重ねて聞いた。

その声の響きには、ぞっとする冷たさがあった。

(斬られる)

そう思い込んで、捨吉が恐慌《きょうこう》をきたした。

「も、申し上げやす。斬ったのは殿様です。あっしらが止める間もなく、親父をばっさりおやりりんなっちまったんで」

「備後守殿だな」

「左様で」

「それでよい」

小次郎があっさり立ち去った。

捨吉はつかの間の、悪夢を見たような気がしていた。

十四

さらに次の日の夕方だ。

雉子町の長屋へ戻って来ると、継之助の姿はまだなく、美和は困憊《こんぱい》して上がり框《かまち》に座り込んだ。

「………」

思わず重い溜息が口をついて出た。

烈しい胸の動悸《どうき》が治まらず、いても立ってもいられない気分だ。こうしている間にも、事態は悪い方向へどんどん突き進んでいるような気がしてならない。

昼過ぎから千尋がいなくなり、夫婦で共に探し廻っていた。

今日は人足小屋の仕事がなく、継之助が休みだったことは幸いだった。

漬物問屋は近所だから、千尋はかならず昼餉を食べに一度は戻って来る。それがいくら待っても戻らず、美和は苛立ちを募らせ、有馬に拉致《らち》されたのではないかと思い詰めた。

新宅を探しに出る心づもりだった継之助は、それですぐにとび出した。

美和も各家庭に触れを出して、今日の手習いを休みにした。

界隈《かいわい》を当てもなく探し歩き、美和は焦燥感に苛《さいな》まれつづけた。

(千尋が久保に凌辱《りようじよく》される)

それはあってはならないことだった。

身を引き裂かれるような思いがした。

油障子にぶち当たるようにし、息を切らせて継之助が駆け込んで来た。

「み、美和っ」

「どうでしたか」

美和が切羽《せっぱ》詰まった様子で詰め寄る。

継之助は漬物問屋まで、聞きに行って来たのだ。

その彼も、疲労の色を濃く滲ませていた。

「昼前まで、千尋はいつも通りに働いていたそうだ。それがここへ戻ると言って店を出た後、いなくなった。それで足取りを辿ったところ……」

「はい」

「千尋が何人かの中間に、連れ去られるのを見たという者が現れた」

「ええっ」

「殿の仕業に間違いあるまい。ほかに誰が千尋を……」

継之助が頭を抱え込んだ。

「どうしよう……どうしたらいいんだ……千尋にもしものことがあったら、おれは……」

呻くように言って、美和を見た。

美和は懸命に気を落ち着かせながら、一方をじっと見ていた。

継之助がその視線の先を追う。

誰ケ袖屏風がそこにあった。

「美和、何を考えている」

「あの御方に相談してみましょう」

「あの御方とは、牙殿のことか。いや、それはしかし……」

継之助が逡巡《しゅんじゅん》する。

「あの御方なら、なんとのう道を切り拓《ひら》いて下さるような気が」

「それはできん、断じてできんよ」

「旦那様」

「牙殿とは誰ケ袖屏風の件だけで、われらには縁もゆかりもないのだ。会ったのも一度きりではないか。こんな頼み事をするのは厚かまし過ぎる」

「でも不思議な方なのです」

美和が重ねて言い、さらに屏風に目をやって、

「それよりほかに手立てはありますまい」

十五

北風が吹き始め、松の巨木が優美な響きを奏でている。松籟《しょうらい》だ。

暮れなずむ茜《あかね》色の空に、数百の鴉《からす》が蚊柱のようになって高く舞い上がっている。その遥か上空では、鳶《とび》も鳴いている。

それらの重唱は、やがて夜の帳《とばり》が下りるとすべてはうたかたのように消え去るのだ。

小次郎は鳥の群れ鳴く声に、強い無常観を感じていた。

生きとし生けるものの営みには、いつも圧倒されるものがある。生き急ぐか、死に急ぐか、いずれにしても営みはくり返される。自然の営みと力の前には、人はちっぽけな虫けらでしかない。そこにとらえどころのない、茫漠《ぼうばく》とした荒野を感じるのだ。

そしてその荒野のどこかで、おのれはいずれ白骨を晒《さら》すのに違いない。無常の風は、常に小次郎の身にまとわりついていた。

今宵の小次郎は、黒の着流しに大刀の一本差で、道を急いでいた。

「牙様っ」

背後から呼ぶ声がした。

追って来たのは美和だ。

「これは、美和殿」

小次郎が向き直り、見迎えた。

美和は青褪《あおざ》め、只《ただ》ならぬ形相《ぎょうそう》で、石田の家へ行ったら、牙様は出かけたばかりだと女将に言われ、それでこうして追って来たのだと説明し、

「牙様、どうかお助け下さいまし」

息を乱して言った。

「いかが致した」

「わたくしどもの娘が、連れ去られたのでございます」

つっと小次郎が眉を寄せ、

「仔細を聞こう」

「はい」

そこで美和が、これまでの経緯の一切を語った。

五井藩主有馬備後守の名が出た時、小次郎の表情に変化が生じた。その内部に烈しく突き上げてくるものがあった。

そして美和は有馬の側室であったことを告白した上で、小次郎に詰め寄るようにして、

「これは夫も娘も、知らぬことでございまするが」

ひと呼吸し、確と見据えて、

「実は千尋は殿のお子なのです」

「なんと……」

「殿より継之助に下げ渡された時、わたくしはすでに身籠《みご》もっておりました」

「……」

「このことはわたくしの胸ひとつにしまい、終生黙しているつもりでおりました。それがあろうことかこのような仕儀に相なり、わたくしはもう、どうしてよいやら」

烈しく動揺し、身を揉《も》むようにして、

「父親が娘を抱いたら……それはあってはならぬこと、犬畜生にございます。狂おしいばかりのこの思い、おわかり頂けまするか」

小次郎は重々しくうなずき、

「事情はわかった。しかし、そのような秘密をなぜこのおれに明かしたのだ」

「それは……」

「お手前方とは、さほど深い絆《きずな》を結んではおらぬつもりだぞ」

美和が毅然《きぜん》とした目を上げ、

「あなた様ならではにございます」

「おれならでは、とな」

「あなた様は何もかもお見通しの御方、違いまするか」

「初めに会った時、おれはご亭主を無頼《ぶらい》浪士と誤解をした。何もかも見通しているのであらば、そんな過ちはすまい。あまり買い被られても困るぞ」

小次郎の目許はうすく笑っている。

「いいえ、あなた様は決して尋常の御方ではありませぬ。では誰ケ袖屏風に何を見ましたか」

「王朝の雅《みやび》だ。そして人の世のはかなさだ。無人のあの絵のなかから、多くの人の目を感ずるのだ」

「尋常な方はそのような解釈は致しませせぬ。やはりあなた様は只の御方ではないのです。わたくしはひと目見てそう思いました」

「そこもとこそ、何もかも見通しているのではないのか」

「……」

「とまれ、その話は後にするぞ。娘御はこれよりおれが救い出す」

「す、救い出すとは……」

「この足で下屋敷へ行き、備後守の手から娘御を取り戻して参る。吉報を待つがよい」

言い終わるや、小次郎の姿はさっと薄暮《はくぼ》の闇に呑まれた。

「ああっ……どうか、娘を……」

それを息詰まるような思いで見送り、美和は必死で拝んでいた。

十六

うまそうな馳走を前にして、有馬は満悦だった。

千尋を柱に縛りつけ、その前で泰然と酒を舐《な》めている。

四谷内藤にある下屋敷の書院だ。

千尋は恐怖に顔を上げられず、頑にうつむいている。何度も泣いたらしく、頬に渇《かわ》いた泪がこびりついている。

すり切れたような木綿の粗衣の胸許が図らずも割れて、白桃の谷間が覗いていた。

久保はそれを見て、思わず生唾《なまつば》を呑んだ。

(願ったりの娘ではないか)

驚嘆の声が漏れそうになった。

彼の女の理想は、千尋のような汚れを知らぬ芍薬の蕾なのだ。これに勝《まさ》るものはないと思っている。

そんな女体を、これまでにどれだけ味わってきたか。

それは、

――数知れず。

なのだ。

いや、この先も果てなく女体漁《あさ》りをつづけていくつもりだ。彼にとっては、それだけが生き甲斐《がい》なのだから。

「これ」

声をかけても、千尋はうなだれたままだ。しなやかなその肢体《したい》が微かに震えている。

（わしを怖れているのだ）

そう思うだけで、下半身が疼《うず》き始めた。

苛虐《かぎゃく》の喜びだ。

「これ、よいか。縛《いまし》めを解くゆえ、ゆめゆめ逃げるでないぞ」

「………」

有馬が立って千尋の前に屈み、縛めを解きながら、その幼な顔を間近で覗き込んだ。

千尋は身を硬くし、必死で拒んでいる。

「さあ、酌をしろ。わしの相手をしてくれ」

やさしく囁《ささや》くように言い、元の席に戻った。

千尋は自由になったが、逃げだすことなど頭に浮かばないのか、おずおずと有馬の前へ来て、無言で酌をした。

その手首は細く、手も小さかった。

だがその手先が震え、酒をこぼしてしまった。

「何をする」

大喝《だいかつ》すると、千尋は縮み上がった。

有馬はすぐに破顔《はがん》し、

「冗談じゃ、怒ってなどおらんぞ。おまえのような可愛い娘にどうして怒れようか」

羽織を脱ぎ捨て、身軽になると、千尋を手招いた。

「近う寄れ」

「…………」

「さあ、わしの膝の上へ参れ。抱っこしてやろう」

「…………」

「どうした、怕いことは何もないのだぞ」

「…………」

「これっ、言う通りにせぬか」

つかもうとすると、千尋が顔を歪《ゆが》め、膝で後ずさった。

「お許し下さい、お許し下さい」

急いで辞儀をし、戸口へ走った。

だがそれより早く有馬がとびつき、千尋の裾《すそ》をつかんだ。

どーっと千尋が倒れる。

有馬が息を荒くし、その上へのしかかろうとした。

その時、障子が静かに開いた。

ぎょっとして見上げる有馬の目に、小次郎の姿がとび込んだ。

「な、何奴だっ」

おのれの醜態《しゆうたい》に慌て、身繕《みづくろ》いをする。

小次郎が無言で千尋と目を合わせ、逃げろとうながした。

千尋がうなずき、廊下へとび出して行った。素足が庭の土をひたひたと踏む音がし、やがてそれが消え失せた。

「おのれ、この狼藉者《ろうぜきもの》が」

有馬が床の間へ走り、刀架けから大刀を手にし、ぎらっと抜刀した。

小次郎はその前に悠然《ゆうぜん》と立つ。

そして明らかに侮蔑《ぶべつ》の目で有馬を見ると、

「おまえのような下司《げす》な男が、一国の領主とは恐れ入るな。呆れてものが言えぬ。もはやこの世も終わりだ」

「何ゆえの押し込みだ。金品が狙いなら大間違いであるぞ。おのれが何をしているかよく考えてみよ。生きてここを出られると思うてか」

「ふん、それほどの悲壮な決意で来たわけではない。くだらぬ藩主の、くだらぬ所業などはくそっくらえだ」

「黙れ、ほざくな」

「しかし、おまえは許せぬことをした。柳原土手で罪もない年寄を斬り殺したのだ」

「そ、それは……それこそくだらぬことだ。下郎の命に目くじらを立てる愚か者がどこにいる」

「ここにいる。おまえを成敗《せいばい》する」

「ううっ」

小次郎が発散する殺気に、有馬が怖れを感じて後ずさった。

ここで大声で家臣を呼べば、即座に斬られると察した。なす術はなく、おのれの命は風前の灯だと思った。

「よせ、やめぬか」

小次郎がじりっと前へ出て、音も立てずに白刃を抜いた。

「覚悟はよいか」

「な、なあ、考え直せ。こんなことをしてなんになる。死んだ下郎はもう戻らぬのだ」

「……」

「わしも少しやり過ぎた。一時の激情が止められなかったのだ。それは認めようぞ。だから――」

逃げ惑いながら小次郎の表情を窺い、そして隙《すき》を見ていきなり斬りつけた。

その白刃が小次郎の白刃に弾きとばされ、有馬の刀は座敷の隅へ飛んだ。

そして間髪《かんはつ》を容《い》れず、小次郎の剣が電撃の如く走った。

「ああっ」

その顔面が切り裂かれ、血汐《ちしお》が迸《ほとばし》り出た。

有馬が叫んでうずくまり、脱ぎ捨てた羽織を顔に当て、出血を防ぐ。

小次郎がその前に屈み、

「ひと晩かけて切り刻んでもよいのだ」

「許せ、許してくれ」

蚊の鳴くような、うち震えた声だ。

「ではおれの言うことはなんでも聞くな」

有馬が何度もうなずく。

「まず夜鷹蕎麦の彦十の遺族に、百両を贈ってやれ。貧しい倅夫婦はとむらいも出せないでいる」

「……」

「それと、正岡継之助の家族にも百両だ」

「……」

「わかったのか」

ちゃり。

小次郎の握った白刃が音を立てた。

有馬が怯《おび》え、言葉を失ったままでひれ伏した。

「約束は守れ。おれは見ている。三日の内にそれらがなされねば、上《かみ》に訴えてやる。さすればおまえは評定所《ひょうじょうしょ》の裁きにかけられ、断罪に処せられよう。五井藩一万石もこの世から露と消えることになる」

「……」

「さらにつけ加えるなら、正岡の家には二度と手を出すな。よいな」

「……わかり、申した」

有馬の声はわななき、かすれていた。

障子が開いて夜風が吹き込み、それに迎えられるかのように小次郎は消え去った。

十七

「んまあ……」

離れへ入って来るなり、再び部屋に鎮座している誰ケ袖屏風を見て、小夏が驚きの目を開いた。

小次郎が満足げにそれを眺めている。

改めて見るに、屏風絵には風格さえあった。

「これ、どうしたんですか、旦那。行ったり来たり、なんだか忙しいですね」

「正岡の妻女がな、おれが持つにふさわしいと、くれたのだ」

「でもこんな変なもの……いえ、その、こういうものって、何かいわく因縁があるんじゃありませんかね」

「そんなものは何もないそうだ。妻女の父君が先君より頂戴《ちょうだい》したという話だ」

「ふうん……じゃこれ、ずっとここに置いとくんですか」

小次郎が真顔でうなずき、

「静謐《せいひつ》で、簡潔で、それでいて衣桁にかけられた羽織や袴の向こうから、人の囁く声が聞こえてくるようではないか」

小夏が耳を澄ますが、何も聞こえてこない。

「それって、ちょっとばかり怪談じみてません？」

くすくす笑いながら言う。

「なんでもよい。おれはこの絵の雅が気に入っているのだ」

小夏が逆らわず、

「はい、わかりました。もう野暮《やぼ》は言いませんよ。お昼ご飯、そろそろ運んでもいいですか」

「そうだな、誰ケ袖を眺めながら食べよう」

「じゃ、そのように」

小夏が呆れたように小次郎を見て、ひらひらと出て行った。

小次郎は飽きることなく、屏風絵を見ている。

そうしていると、やがて絵の向こうから、さらさらと木枯しの吹く気配が聞こえたような気がした。

「まさに、怪談だな……」

ひとりごち、頰笑んだ。

第二話　ぽん太

一

おかみさんから託された大事な文《ふみ》を、相手方に届けてようやくほっとした。

忘れては大変だから、神田岩本町釘鉄銅物問屋《かんだいわもとちょうくぎてつどうもの》の野田《のだ》屋さん、とずっと口のなかで言いつづけていた所と名は、役目が終わったとたんにきれいさっぱり消え失せた。

野田屋さんのお内儀《ないぎ》とうちのおかみさんとが幼友達で、雪見酒か何かの遊山《ゆさん》の誘いらしかった。

出しなにおかみさんが、蕎麦でも食べてお帰りよと、駄賃《だちん》代りに三十文をくれた。

しかし、小娘一人で蕎麦屋になんぞ、恥ずかしくてとても入れないから、台所で握り飯をこさえ、それを包んで持って出た。三十文は貯えに廻し、やがて実家に送金するのだ。

どこかで握り飯を食べようと、人の往来の烈しい大通りから、路地を伝って裏通りへ出た。

そこはちょっとした広場になっていて、子供たちが大勢で遊んでいた。

そこなら安心できるので、荷車の上にかけて握り飯を食べていると、さあっと風が吹いて、男に肩を叩かれた。

「むぐっ」

飯が喉《のど》につかえそうになった。

浅草《あさくさ》でもよく見かける、名も知らぬ若い町飛脚《まちびきやく》だった。

むろんお千代《ちよ》とは顔馴染みだ。

彼は冬でも真っ黒に日焼けして、筋骨の逞《たくま》しい男だ。眉が太くて少し男前だから、お千代は決して嫌いではなかった。

こんな所でばったり会うなんてと言い、男が立ったままでいろいろ話しかけてきた。

お千代は残りの握り飯を無理に口にねじ込み、他愛もない話に応じる。

二人だけで話をするのは初めてだった。

町飛脚は男らしい声で歯切れもよく、お千代は思っていたよりもいい人だと思った。

月代も髭《ひげ》も青々と剃られて清潔感があり、菅笠《すげがさ》に文箱《ふばこ》を持ち、裾をからげて長脇差を差している。町飛脚のそれは護身用である。

そして二人はとりとめもない話をしているうちに、方向も定めずに歩き出し、潰れた小店《こだな》の前に差しかかった。

油障子が半分開いていて、無人だということはすぐにわかった。つい最近明け渡されたようで、店のなかはさほど荒んでいない。

その店のなかをひょいと見て、彼が「あれっ？」と言った。

「どうしたんですか」

お千代がそれに乗せられて脇から覗くと、彼が不意に強い力でその背を押し、お千代を店のなかへ入れると、自分もその後につづいて油障子を閉め切った。

お千代は青くなった。

彼が何を考えているのか、もうそれだけで十六歳の彼女にも十分に察しがついた。

戸口が塞がれているから、奥へ逃げようとした。

上がり框から急いで上がったところで足首をつかまれ、お千代は前のめりに倒れた。

顎《あご》を思い切り打った。

すかさず彼が長脇差を腰から外し、のしかかってくる。

「いけません、よして下さい」

お千代は生娘《きむすめ》だから、必死で抗《あらが》った。

もうその時には男の固いものが尻や腿《もも》に当たり、お千代はそれだけで頭のなかがぼうっとなった。

それは初めて知る感触だった。

女の身として、男のそれには抗し難《がた》いものがあると思った。

しかし、そう思ったのはつかの間で、再び必死に拒んだ。犬猫じゃあるまいし、こんな所で媾《まぐわ》うのは嫌だった。

だが彼はすっかり見境をなくした獣《けもの》になっていて、お千代の着物の裾を割って手を差し入れてきた。

「あっ」

そうされて、お千代が観念して目を閉じた。

観念するのが早いと思ったが、尽きせぬ好奇心に負けたのだ。朋輩《ほうばい》からその秘め事がどんなにいいか、散々聞かされていた。

しかし、そこまでだった。

彼は背後から伸びた腕に着物の襟《えり》をつかまれ、凄い力で土間に叩きつけられたのだ。

逞しいはずの町飛脚が、ぐしゃっと情けない恰好で潰れている。

お千代が慌ててはね起き、身繕いをしながら、土間に立った男を見た。

藤色の小袖を粋に着こなしたその浪人は、牙小次郎だった。

「大事ないか」

小次郎がお千代に声をかけた。

それは低いが、凛《りん》としてよく通る声だった。

お千代はどぎまぎとして何も言えず、青褪めた顔で曖昧《あいまい》にうなずいただけだ。

小次郎が視線を流すと、町飛脚はぺこぺこと頭を下げ、逃げだして行った。

お千代は土間へ下り、小次郎を見上げて、

「お助け頂いて、どうも……」

その声のなかに不服そうな響きがあって、小次郎の興味を惹いた。

（これは、面白い）

そういう顔になった。

「余計なことをしたのかな」

「あ、いえ、そんな……どうしてそんなこと言うんですか。いいです、助けて貰ってよかったです」

ちっともよくなさそうだ。

「この界隈の者か」

小次郎が問うた。

「いいえ、おかみさんの用事で浅草から来ました。田原町《たわらまち》二丁目の大島《おおしま》屋の者です」

お千代がしだいにぶっきら棒になってくる。

「お武家様は、どなたですか」

「名か。牙小次郎だ」

小次郎はこの小娘との会話を、楽しんでいるかのような様子だ。

「牙様……あたしは千代です。牙様はこの辺の人ですか」

「竪大工町の纏屋に間借りをしている」

「そうですか。今日はすみませんでした」

ぺこりと頭を下げたが、笑みは一度もなかった。

小次郎はこのお千代に、気まぐれで不可思議な好意を感じた。

狐《きつね》か狸《たぬき》かといえば、お千代は狸顔で、目は大きく、鼻は少し太めだ。唇はぽってりと厚い。それが癖なのか、唇はいつも半開きのようだ。頰《ほほ》にはにきびが幾つか浮いている。

背丈は小次郎の胸の辺りで、美人ではないが、健康そうな若い息吹《いぶ》きに溢《あふ》れている。

だから性への興味も強く、手込めにされるのはご免だろうが、町飛脚にされそうになったことは、彼女の最大の関心事に違いない。

(よいな、可愛い娘だな)

そう思ったとたん、小次郎は着物の上からお千代の乳房を握っていた。

(あっ)

一瞬いい気持ちがしてぞくっとなったが、お千代はすぐに小次郎を睨《にら》みつけた。

二

そういう外での出来事を、滅多《めった》にする小次郎ではないが、お千代のことはあけすけに小夏に話した。

聞いているうちに、小夏はなぜかむかむかとしてきて、

「旦那ったら、どうしてそんなことをなさるんですか」

「いや、そう言われても返答のしようがないな。おれの気まぐれだ」

悪いとは思っていない顔だ。

「きっとその娘はおぼこでしょうから、傷ついてますよ。ご浪人様に胸を触られて泣いてます。自害だって考えてるかも知れません」

「そんなたまかな」

「小娘を馬鹿にしちゃいけません」

「おまえはどうだ、憶えはないか」

小次郎が悪戯っぽい目で聞く。

「なんのこってす」

「十五、六の頃だ。男のことが気になって夜も眠れぬ時があったはずだ」

「そ、そんな憶えはありませんね……」

小夏がぷいっと横を向いた。

彼女が生まれたのは日本橋《にほんばし》北の葺屋町で、市村《いちむら》座、結城《ゆうき》座、薩摩《さつま》座などがひしめく芝居町だから、朝から晩まで大層な賑わいのなかで育った。芝居茶屋の数も相当なものだった。

ということは、江戸のなかでもそこは風俗の最先端であり、小さい頃から男女の秘め事を垣間見て、胸をときめかせてもいた。

畢竟《ひっきょう》、ませるのは当然のことで、十になる前から房事《ぼうじ》のなんたるかはもうわかっていたのだ。

しかし、そんなことは小次郎に聞かせるわけにはいかないから、

「あたしは清く正しい槍屋の娘なんです。ここへ嫁入りするまで、そんなこと考えもしませんでしたね」

真顔を造って言うと、小次郎は黙ってうす笑いを浮かべている。

何もかも見通されているようで、

(本当にまったく、小面《こづら》憎いんだから)

内面を悟られまいと席を立ち、

「旦那、湯が沸いてます。一番湯をどうぞ」

つんけん言いながら立ち去った。

小次郎が立って衣桁から手拭いを取り、そこで座敷に広げられた誰ケ袖屏風を見た。

「……」

世の無常が今日もそこにあって、やはりそれはよいのである。

三

「おい、ぽん太。ぽん太や」

主の惣兵衛《そうべえ》が帳場から呼ぶ声がした。

お千代は台所を出ると、急いで廊下を駆けて行く。

もう夕暮れで店の大戸は下ろされ、番頭や手代たちが総掛かりで店じまいをしている。大島屋は麻綿糸問屋で、帯留《おびどめ》、羽織紐《ひも》、風呂敷などを商って卸している。

主夫婦に、奉公人の数は三十一人で、手堅い中堅どころの商家だ。天下に名の知られた超大店の越後《えちご》屋や白木《しろき》屋などは、奉公人の数だけで百人以上だと聞いたことがあった。

ぽん太という呼び名は惣兵衛がつけたもので、それは単純にお千代が狸を思わせる顔つきだからだ。

皆で遊山に出かけた折に、古道具屋の店先に狸の置物があって、惣兵衛がそれを見るなり、「これはお千代じゃないか」と言って大笑いになった。

それ以来、お千代と呼ばれることはなく、皆でぽん太と言うようになった。

お千代は格別嫌な顔はせず、皆からそう呼ばれるのにも逆らわなかったが、十歳の小僧にまで言われた時は思わず頭を拳骨《げんこつ》で叩いたものだ。

「お千代さんと言いなさい」

お千代が店のなかで威張《いば》れるのは、小僧ぐらいだった。

惣兵衛に来客があって、お千代が二人分の茶を片づけていると、

「おまえ、寝る前にしっかり戸締りをしておくれ。近頃浅草じゃ押し込みがつづいてるらしいんだよ」

禿げちゃびんの惣兵衛が言った。

それを承知して、お千代は台所へ向かった。

廊下ですれ違いざまに、手代の新吉《しんきち》に尻を触られた。

この男は秩父《ちちぶ》の貧しい百姓の伜で、いつまで経っても垢抜けず、お千代は嫌いだった。

「新さん、おかみさんに言いつけますよ」

お千代が怒りを見せて言った。

新吉は力士のような大きな躰を丸め、「すまねえ、すまねえ」と気弱な顔で詫びて立ち去った。

「つたく、もう」

いい女だから皆から狙われるんだと思い、お千代は台所へ行ってほかの女中たちと洗い物をし、それから何人かで町内の湯屋《ゆや》へ行った。

いつものことながら、湯屋は芋を洗うようで不快だった。見廻しても、お千代以外にいい女は一人もいなかった。

寝床に入ったとたんに、旦那さんから戸締りを言い渡されたことを思い出し、はね起きて手燭《てしょく》を持ち、家のなかを見廻った。

見廻っていると、やはり手燭を手におなじことをしている新吉と出くわした。

「おめえのことが好きなんだ」

新吉が身を屈め、鼻息を荒くして言った。

「何を馬鹿なこと言ってるのよ」

お千代はうんざりした。

「おれは本気なんだ」

「まとわりつかないで」

新吉の巨体をぐいっと押しのけ、さっさと切り抜けた。

途中で用を足したくなり、厠《かわや》に入ってしゃがんだ。

かたっ。

外のどこかで物音がしたような気がした。

(なんだろう)

急いで尻を拭き、立ち上がって小窓から覗いた。

そこからは土蔵がよく見えた。

その扉の前に屈み込み、見知らぬ男の黒い影が何かをしていた。

(何してるんだろう……こんな夜分に錠前師さんが来てるのかしら)

その時はそれくらいにしか思わなかった。

男が扉から離れ、こっちへ向きを変えた。

月明りが男の顔をくっきり照らし出し、それが鼻筋の通ったいい男だったので、お千代は思わず吐息《といき》を漏らした。

(お役者さんみたい)

もっとその顔を見たかったが、男はすばやく立ち去った。


寝返りをうったとたんに男の呻き声が聞こえ、びっくりして半身を起こした。

その声は旦那さんのものに似ていた。

おなじ女中部屋の女たちは、鼾《いびき》をかいて寝ている。

するとまたおなじ呻き声が聞こえた。

(ただごっちゃない)

お千代は怖ろしくなって、朋輩たちを次々に揺り起こした。

その時、どたんと大きな音がして、奥にある主夫婦の寝間《ねま》から、烈しく争うような様子が伝わってきた。

「大変よ、何かあったのよ」

お千代がうながすが、朋輩たちは尻込みして、身を寄せ合っているだけだ。

それで一人で女中部屋をとび出した。

主夫婦の寝間の前には、番頭や手代たちが怯えてひと固まりになっていた。

「どうしたんですか」

お千代が駆け寄ると、番頭がしっと口に指を当てて制しておき、「旦那様、何かございましたか」と恐る恐る声をかけた。

するとぱっと唐紙が開いて、黒装束《くろしようぞく》の男が二人、堂々と現れた。二人とも血ぬられた長脇差をぶら下げている。

寝間のなかでは、惣兵衛が布団の上で斬り殺されていて、おかみさんが紙のような白い顔で茫然とへたり込んでいた。部屋のなかは血の海だ。

男たちは丑松《うしまつ》と六四六《むしろく》といい、どちらも揃って凶悪な面相《めんそう》をしており、お千代にとっては生まれて初めて見る凄まじい顔だった。

お千代はその二人に近い所にいて、身を竦《すく》めていたのだが、男たちから異様な臭気を嗅《か》いで鼻の曲がる思いがした。

（なんなんだろう、この臭い……）

二人は物乞《ものご》いなのかとも思った。

「銭は蔵からごっそりぶん取ったぜ。ほかに金目のものを探して家へへえったら、躰のでけえのと出くわした。そいつがおれたちにとびかかってきやがったんで、血祭りに上げてやった」

　新吉のことだと思い、お千代の胸がずきんと痛んだ。

「それからここへ来て主をぶっ殺した。押し込み先で主をかならずぶっ殺すのが、おれたちの流儀なんだ」

　ざらざらした声の丑松が、蒼白《そうはく》で立ち尽くしている番頭、手代やお千代の前で、得意顔で喋る。

　こいつらは異常だと、お千代は思った。

　一方の六四六は甲高《かんだか》い声で、

「どうして主をやるかってえとな、わかるだろう。出世した奴ってな、腹が立つじゃねえか。虫酸が走るんだ。だからおめえたちにゃ何もしねえ。こう見えても慈悲《じひ》深いのさ。早く自身番へ走ってこのことを知らせるがいいぜ」

　そう言って長脇差をさっと閃《ひらめ》かせ、お千代たちが叫ぶのを見てけらけら笑い、丑松と共に雨戸を蹴倒して闇へ消え去った。

　番頭たちが寝間へ駆け込み、大騒ぎを始める。

　お千代はようやく恐怖から解放され、その場に愕然《がくぜん》として座り込んだ。

「ああっ……」

意味もない嘆きの声が口をついて出た。

頭のなかが真空になって、思考力は消え失せていた。

四

次の日になって、三郎三から昨夜の大島屋押し込みの一件を聞かされ、小次郎がきらっと目を光らせた。

小夏も同席していて、そのことに仰天したように、

「ちょっと、それって、旦那が胸を触った女中さんのいるお店じゃありませんか」

三郎三が面食らって、

「な、なんだい、その旦那が胸を触ったってのは」

「お千代って女中さんが手込めにされそうになったのを、旦那がお助けして、そのついでに胸を触ったらしいの」

小夏がまだ拘《こだわ》りの目で、小次郎を見ながら言う。

小次郎はもう言い訳をしない。

「ついでに乳を？　うへえ、そいつぁいいや。旦那もふつうの男だったんですねえ。そういうことには縁遠い人だと思ってやしたから、安心しやしたよ。これからもどんどんやるべきです」

「こらっ、親分が焚《た》きつけてどうするのよ」

「あははは」

「三郎三、詳しく話せ」

小次郎が言った。

「へえ」

そこで三郎三が、昨夜の大島屋で起こった押し込みの顚末《てんまつ》を語った。

お千代が厠から見た土蔵の前にいた男は、恐らく土蔵破りで、その後に二人組の男たちがどこからともなく現れて襲撃した。二人は土蔵から五百両を奪い、さらに母屋へ入って手代の新吉を斬り殺し、主の惣兵衛をも斬殺した。主夫婦の寝間からは十二両を奪っている。

そして二人は駆けつけた奉公人たちを前にし、大胆にも盗《ぬす》っ人《と》らしくない御託《ごたく》を並べ立てた上で、立ち去ったという。

「どんな御託なのだ」

小次郎が乾いたような声で聞いた。

「かならず主を殺すのがおれたちの流儀だ、と言ったそうです」

「ふん、聞いて呆れるな」

「ところが旦那、奴らの悪行はこれで三度目なんですよ」

「その以前があるというのか」

「へえ」

三郎三がうなずき、捕物帳を開いて、

「最初の押し込みは二月《ふたつき》前で、浅草聖天町《しょうでんちょう》の革鼻緒《かわはなお》問屋信濃《しなの》屋、ここで主を殺して四百十両を奪っておりやす。そのつぎが先月で、浅草今戸町《いまどちょう》の船宿汐見《しおみ》屋、ここは主と居合わせた客の一人をぶった斬った上に、二百二十五両。それからゆんべの大島屋でも、主と手代の二人を殺して五百十二両でさ。殺されたのが五人、ぶん取られた金の総額は、三軒で千百四十七両になりやさあ」

「月に一度の荒稼ぎというわけね。おまけに五人もの人を手に掛けて。なんて悪い奴らなの」

義憤《ぎふん》にかられて小夏が言う。

「三郎三、三軒ともすべて浅草だな」

「へえ」

「そこに何か、とっかかりがあるのやも知れぬぞ」

小次郎の言葉に、三郎三が表情を引き締めた。

五

大島屋の裏手から、笊《ざる》を抱えて出て来たお千代が、はっとなって息を呑むようにした。

そこに小次郎が立っていたのだ。

お千代はなぜか気恥ずかしくなって、耳まで赤くしてうつむいた。少し警戒をして、胸許を隠すようにする。

家のなかではとむらいが行われているらしく、読経《どきょう》の声がし、ざわめきが聞こえている。

「大変な目に遭ったな」

小次郎が言うと、お千代はこくっとうなずき、言葉少なに「お耳に入りましたか」と大人びた口調で言った。

「店はどうなるのだ」

「おかみさんは手放すと言っています。もうやってく気はなくなったそうです。だからみんなにお金を分けて、とむらいが済んだらちりぢりに……」

そこでお千代は表情を歪め、

「あたしのこと、ぽん太だなんて綽名《あだな》をつけたりして、それで面白がってるようなとってもいい旦那さんだったのに、なんで殺されなくちゃいけないんでしょう。それに手代の新吉さんだって、悪い人じゃなかったんです。あたしはあの二人組が憎くてなりません。あいつらは鬼ですよ」

悲痛な声で言い、その場にしゃがみ込み、前垂れで顔を覆《おお》って泣いた。

「おまえはどうする」

小次郎が静かな声で問うた。

「えっ」

お千代が泣き濡《ぬ》れた目を上げる。

「身のふり方だ」

「ああ、そのことですか……とりあえず在所《ざいしょ》へ戻って、また江戸へ仕事を探しに出ます。在所は目黒《めぐろ》村の百姓ですけど、兄弟が多くて大変なんです。元々、それであたしは奉公に出たんです。だから在所にあまり長くいるわけには」

「おまえは二人組のほかに、土蔵破りの男の顔を見たのだな」

お千代が驚きで、

「どうして、そんなこと知ってるんですか」

「知り合いの岡っ引きから聞いた」

「そうですか……二人組は頬被《ほおかぶ》りをしてたんで、声はよく覚えてますけど、顔はわかりません。でもひとつだけ……」

「なんだ」

「二人組は変な臭いがしました」

「どんな臭いだ」

「あれは物乞いのような、湯に入ってない人の臭いです。だから余計に汚らしい感じがしました」

「臭いか……」

小次郎がそうつぶやき、

「土蔵破りの方はどうだ。顔は見たのだな」

「遠くからですけど、鼻筋の通ったいい男でした。でもあいつも奴らの仲間だと思うと、憎たらしいことに変わりありません」

「会えばわかるか」

「忘れるもんですか」

「向こうはおまえのことを知らぬのだな」

「ええ、顔は合わせてませんから」

「もしその男に町で会ったら、おれに知らせろ」

「へえ、でも……どうして旦那が？　奴らを捕まえて下さるんですか」

「そうだ、そのつもりでいる。だから手を貸せ」

「はい」

小次郎はふらりと、そのまま立ち去った。

今日は胸を触られなかったので、お千代はどうしてか、物足りないような気がした。

六

小次郎は田原町二丁目の大島屋から足を延ばし、凶行のあった前二件の、聖天町の信濃屋、今戸町の汐見屋を見て廻った。

二軒ともに、今は店を閉じていた。

浅草だけで三件の凶行がなされたということは、盗っ人どもは界隈に隠れ住んでいる証《あかし》である。

しかし、それがどこなのか、江戸でもっとも繁華な浅草ゆえに、大海に落ちた針でも探すような気がした。

今戸町から山谷堀《さんやぼり》を西へ抜け、当てもなくぶらついているうちに日本堤《にほんづつみ》へ出た。土手の上から見下ろすと、新吉原《しんよしわら》の大門《おおもん》が見えた。

なんとはなしに、そっちへ足を向ける。

大門の前は五十軒茶屋町《ごじっけんちゃやまち》で、昼なのに大層な人出で賑わっていた。大門の向こうに何軒もの廓《くるわ》の大きな建物が見える。そのなかに何千という花魁《おいらん》や女郎が、ひしめき合って暮らしているのだ。

周辺は広大な畑地で、俗にいう吉原田圃《たんぼ》である。人家は一軒もない。

二万坪余の新吉原の囲いをぐるっと廻り、さらに畑地を行くと、高い塀に囲われた建物が出現した。

それは浅草溜《だまり》というもので、小伝馬町《こでんまちょう》牢屋敷から送り込まれた病気の罪人の療養所である。

千束村《せんぞく》にあるその広さは、およそ千坪はあろうかと思われた。

小次郎が近づくと、六尺棒を持った番人が数人、うさん臭そうな視線を送ってきた。

さり気なくそこを過ぎながら、ふっと小次郎の足が止まった。

異様な臭気だ。

それは病因の発する臭いなのか、不衛生な内部のそれなのか、わからなかった。

小次郎が足を止めたのは、お千代の証言を思い出したからである。

『二人組は変な臭いがしました』

『あれは物乞いのような、湯に入ってない人の臭いです。だから余計に汚らしい感じがしました』

それだった。

「……」

小次郎が小さく唸《うな》り、鋭い目になって溜をふり返った。

七

翌日、小次郎は田ノ内伊織を頼み、浅草溜へ向かっていた。

それには三郎三も同行している。

昨夜、八丁堀《はっちょうぼり》の田ノ内の役宅を訪れ、小次郎が浅草溜を見たいと言うと、

「うむむ、四十年このかた定廻りをやっておるが、そういえば溜に行ったことは只の一度もござらんな」

田ノ内が面食らったように言った。

定廻りにとって、小伝馬町牢屋敷に関係したことは、まったくの管轄《かんかつ》外なのだ。

そして、

「牙殿が、何ゆえ溜に興味をお持ちになられたか」

と問うから、

「大島屋押し込みの嫌疑でござるよ」

小次郎の返答に田ノ内が驚き、

「な、なぜ盗っ人どもと溜がつながるのでござるか」

そこで小次郎がお千代の証言を引き合いに出し、「異臭」という彼女のひと言から、盗っ人どもは溜に入檻《にゅうかん》されている罪人なのではないか、という推論を述べた。

田ノ内は目を烈しく瞬《しばた》かせ、にわかには信じ難い様子で、

「仮に病囚が溜を抜け出し、犯科を犯しているとするなら、それには陰の助っ人役がおりましょうな。出入りはそう簡単にはゆかぬはずであるし、誰にも知られずに跳梁《ちょうりょう》するは困難でござろう」

「それがしもそう思います。いや、それどころか、そもそも奴らが都合よく溜にいるということが、疑わしく思えます。遡《さかのぼ》るなら、小伝馬町牢屋敷にまで疑いの目を、向けねばならぬやも知れませぬ」

「何、ではこれは徒党を組んでの犯科ということか……」

「すべては仮説に過ぎません。ゆえに、まずこの目で溜を見たいのです」

「わかり申した」

それでようやく、田ノ内も乗り気になったのである。

そのことは、三郎三も小次郎からあらかじめ聞かされたらしく、

「病人のふりして盗っ人働きをするなんざ、とんでもねえ奴らですね、田ノ内様」

「まだそうと決まったわけではない。牙殿の疑いが、こたびに限って間違いである

ことをわしは希むがな」

田ノ内が小次郎へ苦笑いで言った。

しかし、小次郎はすでに確信の目になっていた。

そうこうするうちに、千束村のなかに建つ浅草溜が見えてきた。

溜のなかは一の溜、二の溜、女溜の三つに分かれ、そこで病囚たちが療養生活を送っている。

創設されたのは元禄《げんろく》の少し前で、初めの頃は町奉行所、及び火附盗賊改方《ひつけとうぞくあらためがた》からの病囚をあずかっていたが、宝永《ほうえい》七年（一七一〇）以降は、寺社方《じしゃがた》や勘定方《かんじょうがた》扱いの病囚もあずかるようになった。

また牢屋敷に入って日の浅い者や、幕府に対する陰謀を企てた大罪の者などは、たとえ重い病人でも溜へ下げない決まりになっていた。

また近年では罪人に限らず、行路病者《こうろびょうしゃ》まで受け入れるようになり、収容人数が膨《ふく》れ上がったため、最近ではよほどの重病の罪人でないと入れないようになったようだ。

溜の門前で田ノ内が番人を呼び、話を通している間、小次郎と三郎三は所在なく佇《たたず》んでいた。

「旦那、仰せの通りですね。こいつぁ大分臭えですぜ」

所内から漂う悪臭に、三郎三が鼻をうごめかしながら言った。

小次郎は無言でうなずいただけだ。

やがて差配《さはい》役車善七《くるまぜんしち》の下で働く甚三郎《じんざぶろう》という男が現れ、小次郎の方をうさん臭そうに見ながら、

「定廻りの田ノ内様でござんすね。このなかをご覧になりてえとは、いってえまたどういうわけでござんすかい」

甚三郎は中年で、子牛ほどの巨体を持ち、顔色のどす黒い威圧感のある男だ。

田ノ内は居丈高《いたけだか》な態度を作って、

「その方ごときにわけなど言う必要はない。定廻りのわしが見せろと言っているのだ、黙ってしたがえ」

「へ、へえ、でもございやしょうが……」

「何か不審でもあるのか」

「こんなどぶの底みてえな汚ねえ所へ、花の定廻りの旦那がお出《い》でんなるなんて、まずねえもんですから、面食らってるんでござんすよ」

「おまえの思惑などはどうでもよい。早く案内しろ」

「わかりやした」

甚三郎が田ノ内を案内しかかり、小次郎がついて来るのを咎《とが》めて、

「ちょいと待って下せえ、そのご浪人様は困りやすぜ」

「どうしてだ」

小次郎が冷《ひや》やかな声で言う。

「ここにへえれるのは、お上《かみ》の人だけなんですよ。岡っ引きの兄さんはともかくとして、ご浪人様は足止めだ」

「構わん、わしの連れなのだ。これにはそれ相応のわけがあってのことだ」

「いえ、ですから……」

「この上四の五の申すなら、わしにも考えがあるぞ。お奉行に進言して、おまえが探索の邪魔をしたと申し立て、お役を解《と》くこともできるのだ」

「た、探索ですって？　この溜にどんな疑いがあるってんです」

心なしか、甚三郎の目が峻険《しゅんけん》になったように見えた。

「おい、わしにもう一度おなじことを言わせるのか」

田ノ内がひと睨みし、それで甚三郎はやむなく小次郎を受け入れた。

溜のなかは長屋の造りで、路地に出た病囚たちが十数人、焚火《たきび》をしていた。

その周りに集まった者のなかには、莨《たばこ》を吸い、茶碗酒を飲んでいる者もいた。

彼らは一斉に小次郎たちを見たが、どれも目に力がなく、顔色も悪く、病人特有のその覇気のなさはこっちの気分まで重くさせた。女も二人ほど混ざっているが、どちらも腰の曲がったようなかなりの年寄だ。それが口紅を差している姿は、哀れを感じさせた。

「ここでは酒や莨が許されているのか」

田ノ内が驚いたように甚三郎に問うた。

「へえ、ちゃんとお上から許されておりやすぜ」

甚三郎がそんなことも知らないのか、という顔をする。

「恐れ入ったものだな」

田ノ内が呆れたように言った。

「溜の土間にゃ竈《へっつい》がございやして、昼夜の別なく煮炊きができやす。寒い時はあやって焚火も許されておりやすし、湯だって毎日へえっていいことに。酒も莨も薬も、呑むのは自在なんでさ。まっ、女だけは御法度《ごはっと》ですがね、病人に女は無用でござんしょう」

「当然だ」

「それに夜は有明行燈《ありあけあんどん》が灯《とも》されやすから、伝馬町のお牢と比べたら、ここは月とすっぽんの極楽でござんすよ」

甚三郎が得意げに言った。

「しかし、毎日湯に入っていながら、あの者たちはなぜああも臭いのだ」

病囚たちのそばを通り過ぎてから、田ノ内がその臭気に眉を寄せながら言った。

すると甚三郎は嘯《うそぶ》くように、

「湯にへえろうがへえるめえが、あいつらの躰に沁《し》みついた臭いは取れねえんですよ。みんな罪を犯した連中でござんすから、血や怨《うら》みの臭いがこびりついてるんじゃござんせんかねえ」

「それではまるで地獄の亡者どもが、間違えて極楽にいるようだな」

小次郎が皮肉めかして言うと、甚三郎は木で鼻を括《くく》ったようにそれを黙殺し、さらに奥の溜の方へ向かった。

焚火に群れた病囚のなかに丑松と六四六がいて、二人は緊張した表情を浮かべながら小次郎たちを見送っていた。

「いってえなんなんだよ、奴らは……」

六四六が不安げな声で囁いた。

「ああ、気に障《さわ》るな。足許が崩れそうな気がしてきたぜ……こいつぁどうにも気に入らねえや」

青褪めた丑松が、ぐびりと茶碗酒を飲み干した。

八

目黒村から何度も足を運び、口入れ屋へ出入りしては浅草、神田方面の商家への奉公先を探した。

しかし、折悪《おりあ》しくろくな働き口がなく、さりとて遊んでばかりもいられないから、お千代は急場凌《しの》ぎのつもりで、神田多町《たちょう》の一膳飯屋《いちぜんめしや》に職を得た。

よくよく考えれば、多町は竪大工町の隣り町だから、牙小次郎の住む近くへ来たことになる。

（もしかして、あのご浪人さんと縁があるのかしら）

つかの間そう思ったが、小次郎のことはすぐに頭から消えた。所詮はお千代とは住む世界が違う人なのだ。

店の屋号は「おたふく」といって、お千代のほかにもう一人、お君《きみ》という女中がいる。そのお君と二階の四畳半に住み込みで、毎日布団《ふとん》を並べて寝ている。

亭主の寸六《すんろく》は情けない男で、まだ二十半ばの若さなのに、もう中年のような老け込みようだ。

いつもしょぼついたような顔をしていて、何事にも自信がないらしく、客の前へ出るのを嫌って、店はお千代とお君に任せっきりである。

それで自分は板場に引っ込み、ひたすら調理に徹している。その奥に二畳ほどの小部屋があって、彼はそこで寝起きしているのだ。その寸六に女っ気はまったくなかった。

お君の話によると、彼には以前に女房《にょうぼう》がいたらしいのだが、逃げられたのだという。

彼はきりっとした男前とはほど遠いから、そういう話を聞いても、

「へえ」

と言うだけで、お千代はなんの興味も示さなかった。

店へ来る男前を、ひたすら待つお千代なのである。

多町の裏通りにありながら、「おたふく」は連日繁昌《はんじょう》していて、昼などは殺されそうな忙しさになる。

寸六は自信がないと言っているが、彼の作る料理はそこそこの味で、それで常連客がついているのだ。

表通りにある大きな駕籠《かご》屋の、そこの駕籠舁《か》き連中が多くやって来る。また大工や左官《さかん》の職人たちも常連で、夜は酒場になるから、喧嘩沙汰《ざた》はしょっちゅうだ。寸六は気が弱くて仲裁などできないので、止めるのはもっぱらお千代とお君である。

勤め始めて三日目には、お千代はそういうのにすっかり馴れて、うまいこと喧嘩を止めた。そんな時、自分はこんなに気丈だったかしらと思った。

雑草の逞しさと順応性が、お千代の才覚なのかも知れない。

今日もひとしきり昼の賑わいが引いたところへ、その男はふらりと入って来て、お君に焼き魚とどんぶり飯を頼んだ。

その註文を板場の寸六に入れ、お君は奥でひと休みしているお千代の所へ来て、

「いい男が来たわよ」

と言った。

お君もお千代とおなじような歳恰好《としかっこう》で、異性への興味は二人ともいい勝負なのだ。彼女は細っこい狐顔だから、お千代とは対照的である。

「いい男？」

お千代が疑わしそうに言った。

駕籠舁き人足や、他の職人たちにはまず男前はいないから、お千代は失望がつづいていたのだ。

「そうよ、鼻筋の通ったいい男」

お君が言うから、お千代は重い腰を上げ、用を作って店の男をさり気なく見に行った。

するとそこで、お千代は心の臓が口からとび出しそうになった。

大島屋の蔵の前にいたあの男。月明りにくっきり男前を晒した、錠前破りのあの男がいたのである。

男はお千代と目が合っても、なんの興味も示さない。

お千代は奥へ戻りながら、むらむらと怒りが燃え上がってくるのを感じた。

ぽん太、ぽん太と呼ぶ旦那さんのなつかしい顔が目に浮かんだ。お千代の尻ばかり狙っていた大男の新吉の、はにかんだような顔も浮かんだ。

そして雪見酒どころではなくなり、がっくり落ち込んだおかみさんの哀れな姿も瞼《まぶた》によみがえった。

――許せぬ人でなし。

その人でなしが、お千代の懐にとび込んできたのだ。

九

お千代は店をお君に頼み、男を尾行していた。

男は多町から鍋町西横丁へ入って行き、ごみごみした路地を抜けて、裏通りにある棟割《むねわり》長屋へ向かった。

そこの一軒の油障子を開け、家のなかへ男の姿が消えた。

お千代がつかつかと寄って来て、男の家を確かめた。

看板障子には何も書いてないから、彼は表稼業《おもてかぎょう》を持っていないものと思えた。

(そりゃそうよ、まさか土蔵破りとは書けないものねえ)

お千代が意地悪な気持ちになり、腹で嗤《わら》ったその時、家のなかから人声が聞こえた。

「………」

お千代の表情がすっと引き締まった。

誰かが先に来ていたようだ。

長屋の路地を窺うと、幸いにも昼下りで人けはなかった。

そっと油障子に近づいて聞き耳を立てる。

「いつから来てたんだ」

男の声が聞こえ、それに女が答えて、

「おまえさんの顔が見たくなったのさ。だってあれきりなんだよ、近頃つれないじゃないか」

年増のそれは、甘い鼻声だ。

これから始まる何かを予期し、お千代は胸がどきどきしてきた。

「しょうがねえなあ、亭主に見つかったって知らねえぜ」

それで会話は途切れ、衣ずれの音だけになった。

お千代はみるみる頬がほてり、躰が硬直した。ごくりと生唾を呑み込む。その場を去りたくとも、足は釘づけになってしまった。

どうやら女は人の女房で、亭主の目を盗んで逢いに来たようだ。

初めは男のことを小次郎に知らせるつもりでここまで来たのだが、そんなことはもうお千代の頭から吹っ飛んでいた。

「あっ……あっ……」

女の吐息が漏れ始めた。

指に唾をつけ、障子に穴を開けてお千代が覗き込んだ。

生まれて初めて見る光景が、そこに広がっていた。

男と年増女の媾が始まっている。

(あらあ……ああやってやるのね……)

目が眩み、頭の芯がぼうっとしてきて、お千代は立っているのがやっとだ。

女が両足をいっぱいに開いて、男のあれを迎え入れ、盛んにぬきさしがくり返されている。やがて男の動きが速くなり、女が狂ったようによがり出した。

「ああっ……いい、いいっ……」

男は女の口に手拭いを突っ込み、さらに烈しく突きまくる。

気がつくと、お千代も手拭いを自分の口へ突っ込んでいた。

十

その夜遅くなって、田ノ内伊織が小次郎のいる離れを訪ねて来た。

その離れへ出入りするには専用の裏木戸があって、田ノ内は勝手知った様子で上がって来ると、小脇に抱えた風呂敷包みを開き、分厚い帳面を取り出した。

「牢屋奉行殿に内密で頼み込んでの、これをお借りして参った」

それは牢屋敷から病気療養のために浅草溜へ送られ、または治癒《ちゆ》して帰って来た病囚の記録である。

小次郎が目を開き、

「それは……いや、こういうことは田ノ内殿ならではでござるな」

「いやいや、なんの。牢屋奉行殿は身内の悪行が暴《あば》かれるのかと、大層案じておられたが、なんとか説得した。ゆえにこれは……」

ぐいっと小次郎に顔を寄せて、

「事が露見したとしても、公《おおやけ》にはでき申さんぞ。結果いかんでは、奉行殿が責任を取って詰め腹を切らされるやも知れん。そうなっては気の毒であろう」

「そのようなことにならねばよろしいな」

小次郎がさり気なく言い、帳面を手にしてなかを開いた。

先月と先々月、そして今月のところに付箋《ふせん》がつけられている。

聖天町の革鼻緒問屋信濃屋、今戸町の船宿汐見屋、そして麻綿糸問屋大島屋に押し込みのあった日の、溜にいた病囚たちの記録だ。

小次郎がそれらに目を通していく。

押し込みがあったそれぞれの晩、溜には三十六人の病囚がいた。そのうち長患いで、明日をも知れぬような病囚は二十二人である。

いずれも労咳《ろうがい》、壊疽《えそ》、膈《かく》（癌《がん》）などの重病だから、巷《ちまた》へ忍び出ての凶行など、とても無理な連中だ。

残る十四人のなかから、さらに女六人を除外すると、嫌疑は八人に絞られた。その八人は心の臓の病い、胃病、うろうろ病などで、これは症状としては不確かだ。夜の徘徊《はいかい》も不可能とはいえない。

そういうことを、小次郎は田ノ内に言った。

田ノ内は緊張をみなぎらせて、

「では残る八人のなかの二人が、押し込みの実行役なのじゃな」

小次郎が確かな目でうなずき、

「田ノ内殿、病いが悪くなったと訴え、それで溜送りになるのはわかりますが、その判断は誰が下《くだ》すのです」

「こと病いに関しては、牢屋医師殿であろうの。これは役人が立ち入ることではない」

「牢屋医師……」

「それを怪しいとお考えか」

「医師の知らぬところで勝手に溜送りがなされているのならともかく、一応は疑ってしかるべきでござろう」

「うむむ……」

田ノ内が頭を抱えるようにして、

「そうなると、これは由々《ゆゆ》しきことじゃ。牢屋敷始まって以来の、醜悪《しゅうあく》な事態となるぞ」

「さらにもう一人」

「なに」

「溜の差配役手下の甚三郎という男も、無関係ではござるまい」

「うむ、海千山千のあの男か。確かにきな臭い匂いがしたが……」

田ノ内が唸り声を上げた。

「溜が極楽という意味は、奴らにとってのことでしょうな」

小次郎が言い、田ノ内と視線を絡ませ合った。

十一

「まあまあ、これはろ組のお頭《かしら》」

石田の家へ入って来た町火消ろ組の頭を、小夏が華やかに迎え入れた。頭は小頭や鳶《とび》の衆を連れた大人数で、それらが一斉に上がり框にかけたので、番頭の松助が女中を呼びつけて茶を頼み、店はにわかに賑わいだ。

冬の日差しが、店土間のなかにまで降り注いでいる。

こんなに大勢で寄るつもりはなかったのだが、昨夜小火騒《ぼや》ぎがあって、その後検証の帰りなのだとろ組の頭が言い、纏が焦げついてしまったので一つ註文に来たのだと言う。松助が早速その応対に向かった。

小夏は小頭と談笑していたが、店の表に佇む人影に、ふっと気づいて目をやった。前垂れ姿の垢抜けない小娘が、店先でもじもじと迷うようにしている。

ちょっとご免なさいよと小頭に言い、小夏が土間へ下りて下駄《げた》を突っ掛け、表へ出た。

「なんか御用？」

しゃきっとした様子の女将にそう言われ、お千代は圧倒されて身を引き、言葉に詰まった。

小次郎を呼んで貰おうと思って来たものの、小夏にものを言うのが気が引けた。それによくよく考えれば、何かにかこつけて小次郎に会いに来たようで、そう思われたら癪《しゃく》だった。錠前破りの男のことを、誰かに告げねばという焦りの気持ちはあったが、それも小夏に向き合って萎《しぼ》んだ。

「いえ、別に……いいんです……」

そう言うと、ぱっと身をひるがえした。

その時、小夏に閃くものがあった。

(もしかして、牙の旦那が胸を触ったって子じゃないのかしら)

そう思った時には、お千代はもう消え去っていた。


お千代が「おたふく」へ帰って来ると、昼前なのにもう何人かの客がいて、お君と共にいつものように忙しく立ち働いた。

やがて八つ（午後二時）になる頃には客足も引け、店は暇になった。

その日はお君に所用があって、寸六に断って店を出て行った。鎌倉《かまくら》河岸に古着の市が立っていて、彼女はしゃれ者だからそれを見に行ったのだ。

そこでお千代が奥で休んでいると、その前に寸六がやって来た。

「おまえ、大分馴れたようだね」

口数の少ない寸六が、珍しく話しかけてきた。

「へえ」

お千代が戸惑いつつ、返答する。

「前から聞こうと思っていたんだが、目黒村の在所には何人家族がいるんだね」

お千代はなんでそんなことを聞くのかと面食らいながら、

「ふた親と兄さんが二人、それに姉さんも二人いて、下に弟と妹が一人ずつです」

「七人も育てたんなら、親御さんも大変だったねえ」

「ですから、子供の頃は食うや食わずでしたよ。飯の取り合いです」

「けどもう手は掛からないんだろう」

「そうでもありません。一番上の兄さんが去年嫁を貰って百姓を継いで、次の兄さんは利根川《とねがわ》の船頭になりました。上の姉さんはついこの間近在へ嫁に行って、家にはもう一人の姉さんと、まだ小さい弟と妹がいるんです。それに兄さんの嫁は身重《みおも》なんです」

「ふうん……」

　寸六が溜息を吐いて、

「どっちにしろ、おまえはもう実家には帰らないんだね」

「帰っても居場所がありません。それにあたしは野良《のら》仕事が好きじゃないんです」

「江戸でいい人を見つける気かえ」

「できたらそうしたいですけど、あたしは器量がよくないですから……」

「そんなことないよ、何言ってるんだい」

「それは本当ですか」

　お千代の目が輝いた。

「おまえはきれいだよ」

「……」

　お千代は赤くなってうつむいた。

　そう言われて当然だと思っていたが、今のように直《じか》に言われると、恥ずかしい半面、嬉しかった。

　今までうすぼんやりとした印象しかなかった寸六だが、こうして話してみると悪い人ではないと思った。

「あのう、聞いてもいいですか」

「なんだい」

寸六がお千代の前の空樽に腰を下ろした。

「旦那さんは、おかみさんはどうしたんですか」

「ああ、そのことか。あたしがこんな愚図《ぐず》な男なもんだから、愛想をつかして出て行っちまった。今じゃ別の人と一緒んなって、小川町《おがわまち》の方に住んでるよ」

「そのおかみさんて人、見る目がありませんね」

「えっ、どうしてそう思うんだい」

「旦那さんはちゃんとした人ですよ。愚図だなんて、自分から思っちゃいけません」

「なんだか嬉しくなってきたなあ」

「子供はできなかったんですか」

「授からなかったねえ。子供は大好きなんだけどね」

「あたしもです。ゆくゆくは沢山作りたいと思ってます」

「おまえ、幾つだっけ」

「もうすぐ十七になります」

「あたしは二十五だよ」

「そうですか」

そこへ店に知り合いが訪ねて来て、寸六はそっちへ出て行った。

お千代は寸六と話したことでなぜか心が落ち着いたような気がしたが、不意にあの男のことが頭をもたげてきて、気になり出した。

十二

土蔵破りの男は直八《なおはち》といい、その長屋に丑松と六四六が上がり込んでいた。

二人は尋常な町人体の身拵《みごしら》えで、顔の色艶《いろつや》もよく、これが浅草溜に収檻されているはずの病囚とは、とても思えなかった。

「どうしたんだ、おめえたち。今頃は牢屋敷じゃなかったのかい」

直八が不審顔で二人に問うた。

彼らは押し込みの終わった後は、牢屋敷に戻っているのだ。

「いつもならそうだがな、事情が変わったんだよ」

丑松が言った後、六四六が継いで、

「溜に八丁堀の役人が、見廻りに来やがったのさ」

「なんだと」

直八が険しい目になる。

「そいつらがなんとも薄気味悪くてな、探索に来たと言うだけで、甚三郎に詳しいわけを何も言わねえ。役人の方は老いぼれでどうってことねえんだが、そこにもう一人、妙な浪人がくっついて来やがった。こいつが曲者《くせもの》よ」

「何者なんだ、そいつぁ」

「さっぱりわからねえよ。もう一人岡っ引きも一緒だったが、これぁ駆け出しでどうってことねえ。浪人の野郎だけが気になるんだ」

丑松が言い、六四六が膝を乗り出して、

「そのことを、甚三郎が旦那に言ったら、勘づかれたかも知れねえから、しばらく鳴りをひそめようということになった」

「やめちまうのか」

直八が落胆の声になる。

「ああ、次からな」

丑松が含んだ目で言い、

「もうひと口、見当をつけてるお店があってよ、その押し込みをやって当面は身を引くことになったんだ」

「それをやるのはいつだ」

「明日の晩にやる。急ぎ働きになるが、そういうことだからおめえも腹を括ってくれ」

「わかった。で、どこのお店だ」

直八が聞こうとすると、丑松が表へ鋭い目を走らせた。

その視線を追って、直八と六四六も見やった。

夕日の当たった油障子に、くっきりと娘の髷が映っている。

三人の目がすばやく交錯した。

直八がさっと立ち、いきなり心張棒《しんばりぼう》を外して油障子を開けた。

「あっ」

盗み聞きしていたお千代が、びっくりして大きな声を出した。こういうところは、実に間抜けなのである。

「おめえ、こんな所で何してるんだ」

お千代は青くなり、狼狽して、

「あ、あのう、いえ、家を間違えたんです」

「家を間違えた？」

「ええ、はい、どうもすみませんでした」

ぺこぺこと頭を下げ、転びそうになりながら急いで立ち去った。

「おい、なんだ、今の娘っ子は」

丑松が目を尖らせて言い、六四六も殺気立って懐の匕首《あいくち》をつかみ、

「今の話をみんな聞かれたぜ。すぐに追いかけてぶっ殺すんだ」

「待ちな」

直八がお千代の去った向こうを見ながら、

「おれはあの娘を知ってらあ」

笑みを含ませて言うと、

「こいつぁおれに任せてくれ」

残忍な目になってつぶやいた。

十三

お千代は店へ駆け戻って来ると、料理の仕込みに余念のない寸六の前へ行き、

「旦那さん、あたし、ちょっと出てきたいんですけど」

拝むようにして言った。

寸六が微苦笑を浮かべて、

「どこへだね、今もどっかへ行ってたんじゃないのかえ」

「実は大変なことを耳にしたんで、それを人に知らせないといけないんです」

「大変なこと？　どんなことだい」

「え、あの、それは……」

お千代が言い淀《よど》む。

そこへお君も板場に入って来て、

「何かあったの、お千代ちゃん」

「今ここで話してる暇《せ》はないの、ともかくあたし……」

気持ちが急いて、お千代は足踏みだ。

「これからどこへ行くんだ」

寸六の問いに、お千代ははっきりと、

「竪大工町の、纏屋さんに間借りをしてるご浪人さんを訪ねたいんです」

「ご浪人さんだって？　そんな人といつ知り合ったんだ」

解せない顔で、寸六はお君と見交わし、

「まあ、いい、竪大工町なら近くだから……わかった、行っといで。なるべく早く戻っておくれよ」

「すみません」

お千代が店を出ようとすると、早々《はやばや》と駕籠舁きの一団が入って来た。

「お千代、飯だ」

「まず酒をくれよ」

口々に言うのへ謝っておき、店のなかのお君に後を頼んで表へとび出した。

土蔵破りの男の家で、仰天するようなことを聞いてしまった。三人の男は明日、どこかのお店へ押し込む算段をつけていた。それを止めなければ、また大島屋の二の舞になってしまう。

竪大工町へ急ぐうち、日は落ちてみるみる暗くなってきた。

石田の家では、三郎三が立ち寄ったところで、小夏の居室で酒をふるまわれていた。

小次郎を訪ねて来たのだが、不在だったから、小夏に待つように言われたのだ。

「それで親分、大島屋の押し込みはどうなったんですか。まだ下手人は捕まらないんですか」

小夏に聞かれ、三郎三は苦々しく、

「ああ、まだなんだ。疑わしい奴らは浮かんじゃいるんだが、これといった決め手がつかめねえ。おいらもじりじりしてるのさ」

「疑わしい奴らって、どんな連中なんです」

「そいつぁ言えねえ、捕物に首を突っ込まねえでくんな」

「どうしてさ、あたしとおまえさんの仲じゃないか」

「それはそれ、これはこれよ」

「ふん、水臭いんだねえ」

怒ったのかと思うとそうでもなく、小夏はけろっとした顔になって話題を変えて、

「あ、そうそう、今日の昼過ぎに旦那を訪ねて若い娘さんが来たのよ。何も言わな

いで行っちまったけど、あれはきっとそうだわ」

「若い娘っ子が？　旦那になんの用なんだ」

「うふふ、それは言えない」

「どうして」

「どうしても」

「水臭えなあ」

「おたがい様ね」

「はん、おきやがれ」

そこへ女中が来て、小夏に来客を告げた。

「誰だい、こんな夜んなって」

小夏が聞くと、女中は若い娘さんが牙の旦那を訪ねて来て、千代と名乗っていると言う。

それですぐにここへ通すように、小夏が言った。

「若え娘って、今の話に出てた子のことか」

「たぶんね、恋の病いに罹《かか》っちまったのかしら……」

「ど、どういうことなんだよ」

そこへ女中に案内され、お千代が入って来た。

二人を見ると物怖じし、お千代は硬くなって辞儀をすると、

「あたし、千代といいます。牙様を訪ねて来ました。会わせてくれませんか」

「旦那は丁度出かけてましてね、ちょっといつ戻るか……どうしますか、待ちますか、それとも明日出直して来ますか」

小夏の言葉に、お千代は意思を固めた目を上げ、

「いいえ、ここで待たせて貰います。牙様にどうしても今日中に話しておかなくちゃいけないことがあるんです」

お千代の張り詰めた様子に、小夏は少したじろぎ、これは恋煩《こいわずら》いなんて甘いものではないと察しをつけて、

「お千代さん、それって牙の旦那にしかできない話？　ううん、詮索するわけじゃないのよ、おまえさん、なんか思い詰めてるみたいだから。あたしたちでよかったら相談に乗りますよ」

「…………」

お千代の表情に迷いが浮かぶ。

「おいら、紺屋町の三郎三ってもんなんだ」

三郎三が腰から十手を引き抜いて見せた。

それを見たお千代が、にわかに救いを見出したようになり、

「御用聞きの親分さんにならあたし、話したいです」

「おう、聞かせて貰おうじゃねえか」

お千代の切迫した様子に引き込まれ、小夏と三郎三が真顔になった。

十四

その夜は客足が早く引けたので、お君はほっとして力の抜ける思いがした。

店の灯を消し、のれんをしまう。

いつも忙しい思いをさせられているから、こんな日もあっていいと思った。

(それにしても、お千代の奴……)

お君はお千代を呪いたいような気持ちになった。

お千代は出かけたきり戻らず、結局お君一人で店を切り盛りする羽目《はめ》になった。

喧嘩騒ぎなど起こらなかったからよかったものの、躰は疲れて鉛《なまり》のように重く、声までかすれてしまった。

寸六もお千代の心配をしていたが、店が終わるなり湯屋へ出かけて行った。

寒い晩だったが、働きづめだったから躰中が汗ばんでいる。片づけが済んだらしまい湯へ駆け込もうと思い、最後の力をふり絞るようにして店の掃除をし、それから魚の骨や煮物の食べ残しなどを木桶《きおけ》へ入れた。残飯の詰まったそれは重いから、いつもならお千代と一緒に持って、町内のごみ溜まで運ぶのだ。

だが今日は一人だから、やむなく木桶についた縄を引きずりながら、店の裏手から外へ出た。

夜霧がたちこめて、一寸先が見えないほどだった。

木桶をずるずると引きずり、路地を行く。

働くのは嫌いではないが、「おたふく」の労働はあまりにきついから、お君はほかへ移ろうかと思っている。

おなじ身を粉《こ》にして働くのなら、もっといい男がやっている店へ行きたかった。

在所の王子《おうじ》村にはふた親と兄夫婦がいて、そのまた子供も沢山おり、お君もお千代同様に実家の居心地はよくない。

住み馴れた在所よりも、お君は江戸の町が好きだから、どうしてもいい男を見つけてどこかで所帯を持ちたかった。

それに、

(顔なら自信があるんだから)

そう思っている。

お千代は子供を沢山産みたいと言っているが、お君は男と女の二人だけでいいと思っている。

子育てに追われるよりも、やりたいことや行ってみたい所がいくらもある。つまりは人生を楽しみたいのだ。

ずるずるずる……。

木桶のうるさい音は承知していた。

だが、
ひたっ、ひたっ、ひたっ……。

後ろから来る足音が気になった。

こんな夜道を誰かしらと、ふり向いたお君に黒い影が突然ぶつかってきた。

「痛いっ」

思わず叫んだ。

激痛が走った。

苦しい顔を歪めて男を見た。

それは昨日店に来た、鼻筋の通ったいい男だった。

「ううっ」

直八が小さく呻いて、お君を見た。

お千代ではなかった。

「す、すまねえ……」

血ぬられた匕首を放り、後ずさった。

お君は腹から血を流し、

「なんでよ」

ひと言つぶやいて倒れ伏した。

直八が逃げて行く足音が聞こえていたが、やがてそれはお君の耳に届かなくなった。

早く食べ残しを捨てねばと思いながら、お君は静かに目を閉じた。

十五

鍋町西横丁の長屋が見える所まで来て、直八ははっとなって物陰にとび込んだ。

直八の家が開け放たれ、三郎三と下っ引きの数人が殺気立って出入りしている。

そして家の表に、不安げに佇むお千代の姿があった。

（くそったれえ、あの小娘）

内心で毒づき、直八はぎりぎりとした殺意の目でお千代を見た。お千代とお君を取り違えたことが、返す返すも無念だった。しかし、この状況ではどうすることもできない。

立ち去ろうとして、ぎくっとなって身を硬くした。

背後からやって来る足音がした。

暗がりから目を走らせると、若い浪人者がこっちへ向かって来るところだ。

ひと目見て、その男から凄まじい気魄《きはく》を感じた。背筋が寒くなる思いがした。すぐにぴんときて、これが丑松たちの怖れていた不気味な浪人者に違いないと思った。

直八は気取《けど》られまいと、動かず、息さえ止めて、必死で闇にその身を同化させた。

その前を小次郎が足早に通り過ぎて行く。

(危ねえとこだった)

直八は一抹の安堵《あんど》を得て、すっと身を退かせた。

その時、小次郎が立ち止まり、気配を感じて不審げにふり向いた。

だが、すでに直八は消えていた。

「旦那、どこ行ってたんですか」

三郎三が言うのへ、小次郎が近づいて行って、お千代に目を向けた。

「石田の女将から聞いた。おまえ、土蔵破りと出くわしたのだな」

お千代は縋《すが》るような思いで、

「あたしがもっと早く知らせればよかったんです。三郎三の親分と来てみたら、もぬけのからでした」

小次郎は雑然とした家のなかを覗いて、

「三郎三、奴はいつ戻って来るか知れんぞ」

「へえ、今日からここに見張りを立てるつもりでさ」

小次郎は三郎三にうなずき、お千代を誘って一方へ行くと、

「お千代、この長屋に男が三人集まっていたのだな」

「そうなんです。土蔵破りの男と、後の二人は無宿者みたいな汚い人たちでした」

「どんな話をしていた」

「明晩、どこか知りませんけど、押し込みをするんだと」

「うむ」

「それから、ええと……三人の話のなかに、甚三郎という名前が出てきました。溜に役人が来て、見廻って行った。連れの浪人が気味悪かった。そのことを甚三郎が旦那に話したら、勘づかれたかも知れないからあとひとつ押し込みをやって、それでしばらく鳴りをひそめるんだと、そんなことを言ってました。あたし、そのことを牙様に知らせたかったんですけど、なかなか、そのう……」

小次郎がお千代の言葉を遮《さえぎ》って、

「甚三郎が旦那に言ったらと、男の誰かがそう言ったのだな」

「そうです」

「………」

その手の連中が旦那といえば、大抵は役人のことだ。これはやはり、牢屋敷の同心が一枚嚙んでいるのに違いない。

「それとお千代、おまえは盗み聞きしているのを、三人に見つかったのか」

「はい、だから夢中で逃げました」

「……」

そこへ小夏が息を切らせて駆けて来た。

その後ろに寸六の姿があった。

「ああっ、お千代、お千代……」

お千代の姿を見ると、寸六がおろおろとしてその場にがくっと膝を突いた。情けない顔がより情けなくなって、頬には泪の乾いた痕《あと》があった。

「どうしたんですか、旦那さん、どうしてここへ」

「お、お君が店の裏で殺されちまったんだ」

「ええっ」

お千代が青褪め、驚愕して寸六に駆け寄った。

小次郎の表情がすっと引き締まった。

小夏が小次郎の前へ来た。

三郎三も寄って来る。

「旦那、とんでもないことに……お千代ちゃんがあたしの家のことを言ってあったらしくて、旦那が出た後にあの亭主が来て、たった今小女《こおんな》が殺されたと。どうしてこんなことになったんでしょう」

小夏が蒼白な顔で言う。

「恐らく、その娘はお千代と間違われたのだ。不運としか言いようがないな……」

三郎三が切羽詰まった声になり、

「旦那っ、奴らを地獄へ堕《お》としてやりやしょうぜ。おいら、我慢ならねえや」

「……」

小次郎は何も言わない。

その内面に沸々と、煮え滾《たぎ》ってくるものがあった。

十六

江戸の陰間《かげま》茶屋というものにも栄枯盛衰があり、三十年ほど前の天明の頃はあちこちの盛り場にあって隆盛し、色子《いろこ》の数も百人は下らなかったものだ。

それが文化《ぶんか》年間の今は、茶屋は日本橋北の芳町《よしちょう》、湯島天神前《ゆしまてんじんまえ》だけとなり、色子も五十人は割っているのではないかと思われる。どこかに潜在しているとしたら、それは知る由もないが、陰間というものは表向き今は廃《すた》れている。

それが希少価値を生むのか、芳町の『尾沢屋《おざわ》』はこのところ連日の大賑わいなのである。

芳町というのは、正しくは銀座本局近くの堀江六軒町《ほりえろつけんちよう》のことで、その町内の一角に芳町新道というのがある。

いつの世でも陰間茶屋を贔屓《ひいき》にするのは医者と坊主が多いが、平田伯元《ひらたはくげん》もその一人で、彼はれっきとした本道（内科）の医者なのである。

しかし、尾沢屋では明かしてないが、伯元は伝馬町牢屋敷で牢屋医師を務めている。罪人の患者を診ていることがわかると外聞が悪いから、秘密にしているのだ。

伯元は昔は地味に遊んでいたのだが、このところやけに金離れがいいので、店では上客とされ、下へも置かれなくなった。

五十を過ぎて茶筅髷《ちやせんまげ》こそ細くなったが、肉蒲団のようなぶよぶよの躰をした、精力的な男である。

それが日夜尾沢屋へ出没し、淫靡《いんび》な目で男漁りをつづけ、今は京弥《きようや》という十八の色子を愛《め》でている。

ところがこれが美童の売れっ子だから、席の暖まる暇《いとま》がなく、ちょっと顔を出してはすぐに出て行ってしまう。

それは今に始まったことではないが、今宵はゆるりとお相手をしますよと言って、指切りまでしたのにとんと無沙汰《ぶさた》なのだ。

酒料理にも飽きてきたし、酔いも廻って、伯元はそろそろ京弥を抱きたくなった。

ふつうの茶屋と違って派手に騒ぐ客はいないが、それでも静かななかに活気は伝わってくる。

どこかの座敷から、男と男の忍び笑いや、妖《あや》しげな吐息も漏れてくる。

それを耳にしていると、むらむらとしてくる。性の衝動《しょうどう》が抑えられない。

「何をしてるんだ、京弥の奴」

しびれを切らし、伯元が京弥を探しに座敷を出た。

するとそれを待っていたように、若い男がすっと廊下の暗がりから寄って来た。

店の男衆とおなじ仕着せ姿の三郎三だ。

「先生、ちょいと」

あまり見かけない顔なので、伯元は三郎三に少し警戒をして、

「なんだ、おまえは」

「京弥が今日は趣向を凝《こ》らしてえと言ってましてね、離れへお出で願えやせんか」

「離れだと」

「そうなんで」

「なんでわしの座敷に来んのだ」

「いえ、ですから離れで本当の自分を見せてえと」

「京弥がそう言っているのか」

「へい」

「ふん、面白いことを言う奴だ。よし、案内しなさい」

三郎三が承知して伯元を導き、渡り廊下を渡って離れへ案内した。

伯元は離れへ来るのは初めてだった。

障子に仄明《ほのあか》りが灯っている。

「それじゃ、お楽しみ下せえやし」

「よかろう」

三郎三が去り、伯元は座敷へ向かった。

それを物陰から見届け、三郎三は鼻で笑うとするりと小部屋へ入った。

そこに色子の京弥が後ろ手に縛られ、猿轡《さるぐつわ》を嚙まされて転がっていた。

「御用の筋なんだ。事が終わるまでおとなしくしてろよ」

三郎三が十手を京弥の鼻先にちらつかせて言った。

京弥は怯えた目で、一も二もなくうなずいた。猿轡を噛まされていても、やはり美しい面立ちだった。

一方、離れ座敷に入った伯元は、不審顔で見廻していた。

「京弥、どこにいるのだ」

しんとして、なんの応答もない。

隣室をぱっと開けると、そこに幽鬼《ゆうき》のような風情で小次郎が立っていた。

伯元がぎょっとなって後ずさり、

「い、いや、ご無礼をした。座敷を間違えたようだ」

「間違えてはおらん」

「なに」

「おまえはおれが呼んだのだ」

「………」

背中を冷たい汗が流れるような、嫌な予感がした。

「誰だね、おまえさんは。わしになんの用があるんだ」

「牢屋医師、月一両の手当ては結構なものだが、妻子五人に薬籠《やくろう》持ちが三人、それだけ食わせねばならぬ上に、芸者よりも割高な陰間で遊ぶ……月に二、三十両にも及ぶ費《つい》えをどこから捻出《ねんしゅつ》しているのだ」

「な、なんの話かさっぱりわからんな。言いがかりをつけるのなら人を呼ぶぞ」

伯元が憤然《ふんぜん》と身をひるがえすと、小次郎がさっと廻り込んでその前に立ち、

「牢屋敷でおまえと組んでいる同心の名を明かせ。それに溜送りの罪人二人もだ」

「誰か来てくれえ」

突然、伯元が大声を出し、部屋中を逃げ廻った。

どやどやと無数の足音が聞こえてくる。

小次郎は不気味なほど静かな目で伯元を見据え、

「おまえ、医師として恥ずかしくないのか」

「うるさい、黙れ。何を埒《らち》もないことを」

用心棒が五、六人、殺気立って現れた。

「先生、どうしやした」

一人の問いに、伯元はまっすぐに小次郎を指して、

「曲者だ、この男を袋叩きにしなさい。とんでもない奴なんだ」

そう言い捨て、伯元はだっと逃げて行った。

用心棒たちが腕まくりをして小次郎を取り囲む。

そのしんがりにいた男が、「ぎゃっ」と叫び、頭を抱えて転げ廻った。

駆けつけた三郎三が十手で殴打したのだ。

「旦那、ここはあっしに任せて、奴を追って下せえ」

小次郎がうなずき、すばやく立ち去った。

三郎三が敢然《かんぜん》と十手を突き出し、

「やいやい、陰間の用心棒やってるてめえらも、どうせ陰間なんだろう。かかって来い、ふん縛って島送りにしてやるぜ」

威勢のいい三郎三の啖呵《たんか》と脅しに、用心棒たちは一斉に腰砕けになった。

十七

親仁橋《おやじばし》で、平田伯元に追いついた。

ぶよついた躰で泳ぐようにして逃げるその背を、小次郎が蹴った。

「うわっ」

そのまま前のめりに倒れ、悪あがきをする亀のように伯元は起き上がれない。

小次郎がその前に立ち、今度は顔面を蹴った。つづけざまに何度も蹴った。

伯元は鼻血を噴いて睨み上げ、

「よせ、暴くな、わしのしていることを暴くでない。なんの得があってこんなことをするのだ。金ならくれてやるぞ。それが狙いなのであろう」

小次郎が無言で刀の柄《つか》に手をかけた。

「やめろ、よせっ」

伯元が震えておののいた。

「では先ほど聞いたことに答えろ。答えねば首を刎《は》ねる」

「わかった、言う、斬らんでくれ」

「………」

「首魁《しゅかい》は牢屋同心の寺岡英五郎《てらおかえいごろう》という男だ。ある時牢屋敷で、寺岡に持ちかけられた。大牢にいる盗っ人を使って押し込みをやらせ、大金をせしめないかとな」

「それに乗ったのか」

「わかってくれ、金が欲しかったのだ」

「選ばれた盗っ人の名は」

「千住《せんじゅ》無宿丑松、板橋《いたばし》無宿六四六だ。いずれも牢屋敷に長くいて、寺岡とは昵懇《じっこん》だったようだ」

「どこも悪くないその二人に、おまえは偽《にせ》の診立《みた》てをしたのだな」

「そうだ。丑松は胃病で、六四六はうろうろ病にした」

「溜の方にも仲間がおろう」

「差配役手下の甚三郎だ。これも悪事にかけてはとびきりの男なのだ」

「それともう一人、錠前破りの男がいる」

「ど、どうしてそこまで知っているのだ」

「そ奴の名は」

「直八だ。わしは会ったことはない。甚三郎の知り合いらしい」

「三件の押し込みで得た金は、六人で分けたのか」

「そうだ。きっちり六等分した。それは最初からの取り決めなのだ」

「おまえは偽の病人を溜へ送っただけで、二百両近くもの悪銭を手にし、くだらぬ遊興に耽《ふけ》っていた」

「送っただけではない。押し込みが済めば、丑松と六四六は牢屋敷へ戻していた。いつまでも溜にいては、ほかの病囚に怪しまれるからな。わしとて、それなりに心を砕いていたのだ」

がつっ。

小次郎が身を屈め、伯元の顔面に鉄拳を叩き込んだ。その面上に烈しい怒りが突き上げている。

「そのために、何人の命がこの世から消えたと思っている。その者たちは何も罪を犯してはおらぬ。死なねばならん理由など、どこにもなかったのだ」

伯元は顔中を血だらけにして、

「もう過ぎたことだ。忘れてくれ。死者は生き返らんではないか」

「死者は生き返らずとも、怨みは消えてはおらん」

小次郎がさっと立ち上がり、刀を抜いて大上段にふり被《かぶ》るや、一気に伯元の首を斬り落とした。

血しぶきが洪水のように噴出し、胴から離れた首が河岸を転がり落ちて行った。

小次郎が血刀を懐紙《かいし》で拭い、気配に気づいてふり返ると、そこに三郎三が突っ立っていた。

あまりのことに三郎三は言葉を失い、膝をがくがくと震わせ、茫然としている。

「どうした」

小次郎が静かな声をかけた。

「え、あ、いえ……」

喉がひりついてろくに声が出ない。

「文句があるのか」

「と、とんでもねえ……文句なんて何も」

「許せぬ人でなしがいる限り、おれは今後もこうしていく。これがおれのやり方だ」

三郎三を放って、小次郎が悠然と立ち去った。

三郎三は胴体だけになった伯元の骸を凝視し、へなへなと座り込んで、

「何もここまでやらなくても……可哀相《かわいそう》になあ」

十八

次の日の、夕暮れである。

浅草溜の裏門を開け、黒装束になった丑松と六四六が忍び出て来た。

それを門の内から甚三郎が送っている。

「おう、それじゃ首尾を祈ってるぜ」

甚三郎が小声で言うと、丑松が胸を叩くようにして、

「任してくれ。二刻（四時間）もしねえうちに戻って来らあ」

「くれぐれも言っとくが、これで当分仕事はやらねえ。店の金を根こそぎかっさらってくるんだ」

二人がうなずいて行きかけ、だがそれ以上進めなくなった。

夕闇のなかから、小次郎が現れたのだ。

「げえっ、てめえは」

六四六がおののいた。

「くそ浪人がまた現れたぞ」

そう言う丑松を押しのけ、甚三郎が前へ出て、

「てめえ、何しに来やがった。いい加減にしねえと叩っ斬るぞ」

脇差を抜いた。

次いで丑松と六四六も長脇差を抜く。

小次郎は不気味《ぶきみ》に何も言わず、三人を見廻している。

塒《ねぐら》へ急ぐ鴉の群れが、大きな羽音を立てて上空を過ぎて行った。

「今宵の押し込み先はどこだ」

小次郎の問いに、三人は答えずにじりじりと間合いを詰め、そして一斉に斬りつ

けた。

小次郎の刀が鞘走《さやばし》った。

丑松が袈裟斬りにされ、六四六は胸板を刺し貫かれ、共に唸るような声を上げると、同時に地に伏した。

その刹那《せつな》、甚三郎が白刃を腰溜めにして突進して来た。

小次郎の刀が水平に走った。

首筋を斬り裂かれ、叫んだ甚三郎の口から血の塊が吐き出された。

もんどりうつ甚三郎の胸ぐらを取って、

「押し込み先はどこなのだ」

小次郎が尚も問うた。

「あ、浅草西仲町《にしなかちょう》……質屋の上総屋《かずさ》……」

甚三郎は大量の血を吐きつづけている。

「盗んだ金はどこで渡すことになっている」

「……」

「寺岡英五郎にはどこで渡すのだ」

「……」

甚三郎がもごもごと何やら言っているが、もはや聞き取れない。

小次郎がその甚三郎に屈んで耳を寄せ、ようやく場所がわかった。

それで小次郎はすばやく立ち去った。

甚三郎はまだ何かつぶやいていたが、やがて精根尽きて絶命した。


かちり。

蔵の錠前が外れた。

そうなれば直八の仕事は終わりだから、扉から離れて行きかけた。

その首根が、背後からいきなりがっとつかまれた。

「うっ」

呻いた直八が突きとばされた。

小次郎が抜き身をぶら下げて立っていた。

「お、おめえさんは……」

直八が慄然《りつぜん》となり、懸命に腰で後ずさる。

「押し込みに加担した悪行だけでなく、おまえはさらに大罪を犯した。お千代と取り違え、もう一人の小女を手にかけたのだ」

「あれぁ悪いと思ってるぜ。おれのへまだったんだ」

「へまで命が失われては、たまったものではないな」

直八が開き直って、

「だからどうだってえんだ。取り返しのつかねえことをうだうだとほざくんじゃねえ」

「そうだな。おまえのような奴がこの世に生まれてきたことこそ、取り返しがつかぬことなのだ」

「おきやがれ」

隙を見た直八が逃げ出した。

その背が縦一文字に斬り裂かれた。

「ああっ」

直八は悶絶《もんぜつ》し、立ち尽くしたままだ。

小次郎が鍔《つば》鳴りをさせて刀を納め、後をも見ずに立ち去った。

どたっ。

直八が地響きを立てて倒れ伏した。

永代橋《えいたいばし》の見える大川端《おおかわ》に、一人の武士が苛立ちを浮かべるようにして佇んでいた。

同心姿を御家人風に変え、正体をわからなくした寺岡英五郎だ。

寺岡は三十半ばのどっしりとした風情で、眼光鋭く、ひとかどの者のように見える。

その時、

「いくら待っても金は届かぬぞ」

どこからか小次郎の声がした。

寺岡がぎくっとなり、顔色を変えて辺りを見廻す。

だが雑草の生い茂った周囲に人影は見えず、大川を船遊びの船がのどかに流れて行くだけだ。

それでも寺岡は油断のない目を配り、刀の鯉口《こいぐち》を切った。

「何者だ、出て参れ」

「姿を現さぬと怕いか。これを天の声と思うたらどうだ」

「うぬっ」

寺岡が抜刀し、雑草を切り払って必死で辺りを探し廻った。

その前に、忽然《こつぜん》と小次郎が現れた。

二人の目と目がぶつかった。

「もはや何も言うまい。おまえの悪行には心底へどが出る。一味はすべておれが斬り伏せたぞ」

「なんだと……何者なのだ」

「夜来る鬼……そう思え」

「おのれっ」

寺岡が刀を八双《はっそう》に構えた。

小次郎はすっと下段に構える。

その気魄に寺岡が圧倒され、たじろいだ。

「まあ、待て、話し合わんか。何者か知らんが、どうせ分け前が欲しいのであろう。刀を引け。十分なことをしてやれるぞ」

「……」

「わしにもいろいろと事情があるのだ。わかってくれい。武士は相身互《あいみたが》いと申すではないか」

「……」

小次郎が冷笑を浮かべた。

「くたばれっ」

一瞬の隙をつき、寺岡が怒号《どごう》を発して斬り込んだ。

その白刃をはね返し、小次郎の刀が凶暴に閃いた。

「があっ」

脳天から斬り裂かれ、寺岡が倒れた。

小次郎が歩み寄り、その胸に確と止《とど》めを刺し、そして闇に消え去った。

十九

「喧嘩をするんなら出てって下さい」

お千代に怒鳴《どな》られ、喧嘩をしかかっていた駕籠舁きと大工が、しゅんとなっておとなしくなった。

「お千代、魚が焼けたよ」

寸六が板場の奥から声をかけ、お千代が忙しそうにそれを取りに行き、小走って客の飯台へ運ぶ。

今日も「おたふく」は賑わっていた。

食べ終わった左官が席を立ち、飯台に銭を置いて行こうとすると、お千代が駆け寄って来てそれを数え、

「多吉《たきち》さん、足らないわよ、二文」

客がすまねえと言って不足分を払い、表へ出る。

「毎度有りい」

そう言ったお千代が店先を見て、はっとなった。

小次郎がこっちを見て立っていた。

「牙様っ」

お千代は表へとび出し、ぺこりと頭を下げて、

「そ、その節は、お世話になりまして」

「小夏から聞いたぞ。おまえ、ここの亭主と一緒になるそうだな」

お千代は顔を赤くして、

「え、ええ、そうなんです……なんとなくそうなっちまって、とてもきまりが悪いんですけど……」

「おまえならやっていける。励むがよいぞ」

「祝言にはかならず呼びますから」

「うむ」

「それにあの、今度一度ゆっくり……」

店の奥から、

「お千代、何やってるんだ」

寸六の尖った声が聞こえた。

お千代が焦りながら、

「本当に今度ゆっくり……あたしの方から行きますから」

「気にするな、お千代」

「うちの人、あれで焼餅《やきもち》焼きなんですよ。だから本当に、あの、困っちまって」

困ったようには見えず、お千代は嬉しそうな笑顔だ。

「お千代」

さらに寸六に呼ばれ、お千代はまた頭を下げて店へ戻って行った。

それを呆れたように見送りながら、

「うちの人、か……」

低くつぶやき、小次郎がふらりと歩き出した。

お千代のめまぐるしいような変貌ぶりに、その頰に皮肉な笑みが浮かんでいた。

（幸せになれよ、ぽん太）
小次郎の心の声がそう言った。

第三話　桜子姫《さくらこひめ》

一

昼前にはかならず戻って来る庄助《しようすけ》が姿を見せず、文七《ぶんしち》、お郁《いく》夫婦は気掛かりな視線を交わし合った。

「どうしちまったんだ、庄助は。遊び呆《ほう》けるような奴じゃないだろう」

庄助は五歳にしては妙に律儀なところがあって、約束や言いつけはかならず守る子なのだ。

「そうですけど……何かに夢中になってるのかも知れません。そのうちきっと帰って来ますよ」

お郁が気休めを言う。

文七は納得できない顔で黙っている。

(そんなはずはない)

そう思いつづけている。

丹金屋《たんきんや》は足袋股引《たびももひき》問屋で、足袋、股引、腹掛け、手拭いなどを商っている。

店がある神田松下町《まつしたちょう》は、その昔にお玉ケ池のあった所で、大通りには紙問屋、下《くだ》り傘問屋、竹皮問屋、下《くだ》り塩《しお》仲買問屋などが軒を連ねて、昼の間は人出も多く、大層賑やかだ。

文七、お郁夫婦は共に三十で、子供は五歳の庄助が一人である。また奉公人は二十人以上抱えており、店は上向きで儲かっているから、客がひっきりなしで活気もあった。

そこへ足袋職人の親方が品物の納品にやって来たので、夫婦の心配は打ち切られた。

親方は若いのに背負わせた大風呂敷を下ろさせ、十足ずつを括った百足余の白足袋を次々に店に積んでいく。

足袋というものは古来あるもので、初めの頃は身分の高い者しか着用せず、革製で半沓《はんぐつ》や沓足袋などもあったが、しだいに一般化され、江戸の今では猫も杓子も穿くようになった。

文七は足袋の一足を手に取り、大雑把《おおざっぱ》に確かめながら、

「なんといっても足袋の命は爪先ですからねえ、親方の仕事はそこがいつもきちっとしてるんで好きなんですよ」

などとくすぐっておき、世間話を始めた。

二人が世間話をしている間に女中が茶を出し、番頭の平吉《へいきち》が親方に次の註文をしたりした。

そうこうするうちに、今度は別の職人の親方ができ上がったばかりの股引、腹掛けを持ち込んで来た。その後、さらに足袋屋が買いつけに来たりして、来る人、去る人で店は立て混んだ。

ひとしきり外来が途絶えたところで、文七は台所の横にある小部屋へ駆け込み、女中が用意した昼飯を取った。

こういう忙しい時は、茶漬けでさらさらが好きな文七だが、今日ばかりはいつものように箸が進まない。それは庄助を探しに出たお郁がなかなか帰って来ないので、何かあったのではないかと心配が尽きないからだ。

庄助は生まれつき臆病な子で、決して遠出はしないし、危ない遊びもしない。ち

ょっと女の子のようなやわな面立《おもだ》ちで、文七はへちま顔だから、色白でつぶらな瞳はお郁に似たものと思える。

そんな軟弱な伜を歯痒《はがゆ》いと思いながらも、文七は目に入れても痛くないのである。

おいおい、男らしい男にしてやるつもりでいた。

文七が飯を途中で投げ出したところへ、お郁と平吉が雁首《がんくび》揃えてやって来た。

平吉もお郁と共に探しに出たのだ。

文七は庄助の姿がないので、

「なんだ、どうした、庄助はまだ見つからないのか」

落胆の声で言った。

「いつも遊んでるような所は隈《くま》なく探しましたけど、どこにもいないんですよ」

お郁は憔悴《しょうすい》していた。

平吉が膝を進めて、

「遊び仲間の子たちをつかまえて、一人一人に聞いてみたんです」

「うん、それで」

「皆が口を揃えて言うには、隠れんぼをして遊んでいたら、坊っちゃまは不意にいなくなったと」

「不意にいなくなるなんて、おかしいじゃないか。あの子はそんな子じゃないよ」

「旦那様、あたくしは心配でなりません。店を閉めて、家中で探しに出た方がよろしいかと」

初老で謹厳《きんげん》な気性の平吉が、馬面《うまづら》に皺を寄せて言った。

「それがいい、そうしよう」

文七が浮足立った。


それから丹金屋の店の者が総出で、四方八方へ探しに出た。

それでも庄助の行方は、杳《よう》としてわからない。

日の暮れになると、騒ぎを聞きつけた町内の鳶の衆も大勢加わり、さらに庄助の遊び仲間の親たちも駆けつけて、大掛かりな捜索となった。

一同の胸に不安が膨らみ、加速された。

平吉が自身番に届け出たので、町役人らもやって来て、そのしんがりに紺屋町の三郎三もいた。

こういうことは餅は餅屋だから、三郎三は先頭に立って捜索の差配をした。

町内のあちこちに提灯の灯がものものしくうごめき、それらはすべて庄助の捜索隊である。

やがて夜の五つ(八時)の鐘が鳴り始める頃、悲報がもたらされた。和泉《いずみ》橋の袂《たもと》に、子供の骸が揚がったというのだ。

すわっ、と大騒ぎになって、触れはたちまち駆け巡り、全員が和泉橋を目指した。皆が駆けつけると、鳶の衆が何人かで、神田川から子供の骸を引き揚げているところだった。

やがてうつ伏せのままの骸が、土手へ寝かされる。

駆けつけた文七、お郁夫婦は蒼白で骸を見て、それ以上近づけなくなった。紺絣《こんがすり》のその着物は、庄助が朝に着て出たものなのだ。しかも芥子坊主《けしぼうず》の頭も、庄助そのものだ。

「庄助……」

文七の喉の奥から、くぐもったような重々しい声が発せられた。

「ああっ、庄助、どうしてこんなことに」

お郁はそこで取り乱して気を失い、近くにいた者たちに抱きかかえられた。

三郎三が進み出ると、ぐっと奥歯を嚙むようにして、

「旦那、念のため、面《おもて》を改めて下せえやし」

「……」

文七が蹌踉《そうろう》とした足取りで骸に近づき、そこでがくっと膝を折り、号泣を始めた。

それは子を失った父親の、この世で一番悲しい声だった。

集まった者たちが沈痛な思いで見守り、なかには貰い泣きを始める者もいた。

「うっ、ううっ……」

やがて文七が呻くようにしながら、緩慢《かんまん》な動作で子供の骸を仰向かせた。

だが、それは庄助とは似ても似つかない、赤の他人の子だった。

「違う、これはうちの倅じゃない」

文七が突拍子もない、甲高い声で言った。

二

どこの子かわからないので、骸は自身番が引き取ることになった。

しかし、三郎三は死因が知りたくて、下っ引き二人に手伝わせ、骸を大八車《だいはちぐるま》に乗せて、奉行所抱えの医師人見玄徳《ひとみげんとく》の許へ運んだ。

玄徳の屋敷は神田三河町《みかわちょう》なので、和泉橋からはさほどの距離ではない。

診療室に寝かされた小さな骸を見て、三郎三は改めて胸が痛んだ。

庄助に会ったことはないが、文七の話によれば、骸とおなじような歳恰好でよく似ているという。よく似ているがゆえに、庄助の身代りにでもされたのか。それでは名も知らぬこの子があまりに不憫《ふびん》ではないか。

玄徳は六十を過ぎた老医師だが、矍鑠《かくしやく》として眼光は鋭い。

骸を裸にして調べながら、玄徳が検屍結果を述べる。

「歳は五、六歳というところかのう。仮に六歳だとしたら、尋常な子より発育は劣っているようじゃ。痩せてあばらも浮いておるし、つまりは栄養が足らんということになる」

「てえことは、この子は飯をろくに与えられてなかったんですかい、先生」

三郎三が険しい目になった。

玄徳はかぶりをふって、

「いやいや、それほどのことではない。貧しい裏店の子にはよくあることじゃ。兄弟があまりに多過ぎて、いつも食いっぱぐれるとかな。これでも生きている時は、ふつうに元気だったはずじゃよ」

「死んだ原因はいってえなんですか」

「外傷が一切ないところを見ると、病死ではないかのう。毒殺とも思えんし……」

骸の口のなかへ指を突っ込み、その先に付着した粘液にじっと見入って、

「泡を吹いておるということは、躰の内部で何かが起こったのじゃな。心の臓の発作か、あるいは息を詰まらせたか……いずれにしても、これは事件性はあるまい」

「……」

子供の死因に事件性はなくとも、庄助の着物を剝いで骸に着せ、神田川に投げ込んだ奴がいるとすれば立派な事件だ。

どこの誰がそんなことをしたのか。こんなことをする意味がどこにあるというのか。

解せないまま、腹立ちも覚えつつ、三郎三は再び大八車に骸を乗せ、紺屋町の自身番へ戻って行った。


その頃、丹金屋の家のなかは重い空気に包まれていた。

見知らぬ子の骸が庄助の着物を着せられ、肝心の伜は行方不明のままなのだから、そのことをどう捉えてよいのか、文七、お郁夫婦は思案に詰まった。

しかし、庄助が戻らないという現実に変わりはなく、もはやあれこれ推測する言

葉も尽きた。

なす術はなく、奉公人たちに休むように言い、文七は戸締りの確認に家のなかを見廻った。

お郁は困憊しきって、寝込んでいた。

これまで商いは順調で、なんの破綻もなく今日までやってこられたのに、どうしてこんな災厄に見舞われるのか。

文七は理不尽な思いがしてならなかった。

こんな刻限まで庄助は、どこでどうしているのか。

(あるいは、もうこの世にはいないんじゃないんだろうか……)

よからぬ考えが頭をもたげ、胸の塞がれる思いがした。

手燭を手に店へ来て、土間に結び文が落ちているのにふっと気づいた。

「………」

なんだろうと思い、文七がそれを手にして開き、文面を読んで、

「ええっ……」

おののき、思わず足許がふらついた。

一方、三郎三が自身番へ戻って来ると、そこに町人の夫婦者が彼の帰りを待っていた。

二人とも継《つ》ぎ接《は》ぎだらけの木綿の着物を着て、貧困を絵に描いたような身装だ。

自身番に駐在の家主が、三郎三に夫婦を引き合わせた。

亭主の方は、小泉町《こいずみちょう》の十九文長屋に住む佐々吉《さきち》だと言う。

十九文長屋というのは、日払いで十九文を納め、月に五百七十文の店賃を払うのだ。底辺を生きている細民には、そういうやり方もあった。

佐々吉は日傭取りを生業《なりわい》としていて、女房の方はお北《きた》と名乗った。

二人は共に三十前と思えた。

「それで、おいらに用ってのは？」

三郎三が問うと、佐々吉は蟹《かに》を思わせる四角い顔に苦渋を浮かべ、思ってもいないことを言い出した。

「実はうちには子供が五人おりやして、上から二番目の太一《たいち》が、今朝方死んじまったんでござんす」

「……」

三郎三の表情が引き締まった。

「太一は生まれつき躰の弱い子で、三日ほど前から熱が下がらねえで大層苦しんでおりやした。感冒《かぜ》か食中《しよくあた》りなのか、そこんところはよくわかりやせん。お恥ずかしい話、その日暮らしのこちとらとしては、銭がなくって医者に診せられなかったんで」

佐々吉が辛そうな目を伏せた。

「それで」

三郎三が話の先をうながす。

「そんなわけで、骸をそのまんまにして稼ぎに出たんです。このお北も髪結いで働いておりやして、後を子供たちに頼んで二人して家を空けちまったんです。ところが日が暮れてけえってみると、太一の骸が、そのう……」

「骸がどうしたんでえ」

「なくなってたんです、誰かに盗まれちまったんでさ」

三郎三が啞然となって、

「な、なんだって……そんな馬鹿なことがあるものかよ」

佐々吉は重い溜息を吐くと、

「本当にまったく、その通りなんです。金やものは盗まれても、どこの誰が子供の死げえなんか持って行きましょう。それであっしは途方にくれちまって……」

「おめえさん方が稼ぎに出てる間、ほかの四人の子供たちはどうしてたんだ」

「太一が死んでるんで、さすがにいつもみてえに遊びにゃ出なかったと言ってやすが、そこは子供のことですから、出たり入ったりしてたんじゃねえかと……それで家が空《から》になった隙を狙って、誰かが太一の死げえをこっそり持ち出したものと」

「そ、そんなことが……」

三郎三が唸り声を上げた。

するとお北が身を乗り出し、

「ところが親分さん、さっき丹金屋さんの伜が行方不明になった話を近所の人から聞きまして、和泉橋に子供の骸が揚がったけど、別の仏だったとか」

「ああ、その通りだが」

「それで、もしやと思ったんです」

「おめえさん方の子じゃねえかと、言うんだな」

「へえ、その骸にひと目会わせちゃ貰えませんか。今どこにいるんですか」

お北が切羽詰まったようにして言った。

そこで三郎三は深い息を吐き出し、夫婦に真顔を向けて、

「その骸は表にあるんだ。拝んでくれ」

夫婦をうながし、自身番の表へ出て、大八車の筵をはねて骸を見せた。

「ああっ、太一です、太一です、間違いありやせん」

佐々吉が叫び、お北が骸に取りついた。

三郎三が悲痛な顔になる。

そこへ丹金屋の番頭平吉が、青い顔で駆けつけて来た。

平吉はうろんげに佐々吉夫婦を見ておき、三郎三を目顔で呼ぶと、声を落として、

「紺屋町の親分」

「どうしたい、何かあったのか」

「どうかこれを。旦那様から預かって参ったものでございます」

文七が店の土間で発見した結び文を、平吉は震える手で差し出した。

三

結び文には、こうあった。

「せがれはあずかっている　百両とひきかえだ　あすくれむつ　ゆうれい橋へじさ

んしろ」

牙小次郎はそれを読むと、ふんと鼻先で嗤い、三郎三の方へ放った。

小夏がすかさず文を手にして読み入り、

「こ、これはかどわかしですね。大変なことじゃありませんか、旦那」

「……」

小次郎は何も言わず、知らん顔で誰ケ袖屏風を眺めている。

三郎三がわくわくした気持ちを抑えきれぬ様子で、

「旦那、実を言いますと、こんな大事件を手がけるのはあっしぁ初めてなんです。だから武者震いが先に立っちまって、何から手をつけていいやら。どうかお知恵を貸して下せえやし」

「何から手をつけるだと？　決まっておろうが」

小次郎が不思議そうに言う。

「へっ？　そう言われやしても、いってえどっから……」

「まず庄助と遊んでいた子供たちだな」

「へえ」

「そいつらから、庄助がどうしていなくなったか、その時の経緯を聞き出すのだ」

三郎三が首に手をやって、

「弱ったなあ……あっしゃどうも、がきの扱いが苦手でして」

「どうしてよ」

小夏が聞く。

「前にもこういうことがあったんだけどよ、聞き込んでるうちに決まってがきと喧嘩になっちまうんだ」

「しょうがないわねえ、それじゃあたしが手伝ったげる」

「いや、そいつぁいけねえ。女将だって忙しいんだろう」

「今は暇なの。こう見えてもあたし、子供を扱うのはうまいのよ」

小夏はぽんと胸を叩いておき、

「それにしても、旦那」

「何かな」

「これだけの大事件なのに、なんだか気乗りがしないようですね。いつもの旦那と違いますよ」

小次郎がふふふ、と笑う。

「何がおかしいんですか」

小夏が目を尖らせた。

「この一件はな、どう見ても他愛がないように思えたのだ」

「他愛がないですって？　だって庄助って子がかどわかされてるんですよ。現にこうやって脅し文まで来て。おまけに日傭取りの伜の骸が盗まれもしてるんです。それだけだって随分と奇っ怪じゃありませんか。ただのかどわかしとはとても思えませんよ。どこを指して他愛がないと」

「そう、おいらもそう思うな。手の込んだかどわかしだぜ、こいつぁ」

三郎三も怪訝に小次郎を見た。

「庄助の着物を剝がし、太一の骸に着せたのは脅しのつもりであろう。丹金屋を震え上がらせ、身代金を出させるためだ」

「ほら、やっぱりひと筋縄じゃいかない事件ですよ」

小夏が言う。

「そこまでは思案の末であろうが、庄助を拉致する前後ですでにぼろを出している。おれはそんな気がするのだ」

「どんなぼろを？」

三郎三が問うた。

「それは行って調べてくるのだな。すぐに下手人が割れようぞ」

興味なげに言うと、小次郎はごろりと横になった。

やはり気乗りがしていないのだ。

四

朝飯ともなると、家のなかは合戦場になった。

佐々吉、お北夫婦に、子供たちが一斉に飯を食べるからだ。飯といっても、飯に味噌汁と、後は漬物だけである。

十九文長屋の家のなかは六畳と三畳間だけで、そこで一家全員が起居している。親も子も着たきり雀で、湯屋にも滅多に行けないのだが、どの顔も生きる情熱に輝いていた。

その時、油障子に何人かの人影が差して、それを見た佐々吉が、はっとなってお北と見交わし合った。二人の表情がみるみる暗くなる。

「朝っぱらからご免よ」

三郎三が声をかけ、がらっと障子を開けて土間へ入って来た。

それに小夏がつづき、さらに四、五人の下っ引きが表からものものしくこっちを覗き込んでいる。

「こりゃ紺屋町の親分さん、ゆんべは大変お世話をかけやした」

佐々吉が言い、夫婦が揃って頭を下げ、それから身を硬くするのがわかった。子供たちがしんとなって、三郎三らの方を見ている。

「佐々吉さん、太一はどうしたい」

三郎三が問うた。

「へい、ゆんべのうちに回向院《えこういん》の方へ運びまして、そこで埋めて貰って供養することに。順序は逆になっちまいやすが、とむらいはその後で挙げようかと」

「そうかい」

三郎三がさり気なく言い、「ひい、ふう、みい……」と口に出して子供を数え、

「佐々吉さん、確かおめえさん所は五人子供がいると言ったな」

「………」

佐々吉は何も言わない。

お北も息を呑むようにしている。

「太一が死んで四人のはずが、どうして元通り五人いるんだ」

「……」

三郎三と小夏の視線が、女の子のようなやわな面立ちの、色白でつぶらな瞳の男の子に注がれた。

その子はほかの子とおなじようにぼろを着せられているが、やはり他人の子が混ざっていると違和感があった。

「あんた、庄助ちゃんじゃないの」

小夏がずばり言った。

庄助が顔を上げ、悪びれた様子もなくこくっとうなずいた。頰っぺたに飯粒がくっついている。

三郎三と小夏はほっと安堵の顔を見交わすと、

「庄助、こっちへ来い」

三郎三が手招き、庄助が素直に立ってこっちへ来た。

「あんた、何してるの、どうしてこの家にいるのよ」

小夏が庄助の頰の飯粒を取って、それを口に入れながら聞いた。

すると庄助は屈託のない表情で、

「この家に預けられたんだ」

「誰に」

さらに小夏だ。

「それは……ここのおじさんがお父っつぁんから頼まれたって言ってた」

そうだよねと佐々吉に言うが、彼は押し黙ったままだ。

お北もうつむいて、沈黙している。

「楽しかったぜ。家はおいら一人だから、つまらないだろう。ここは毎日押しくら饅頭してるみたいで、飯なんか取り合いなんだ。まるで戦《いく》さ場《ば》にいるようで、こんな楽しい思いをしたことは初めてだよ」

三郎三が佐々吉に厳しい目を向け、

「佐々吉さん、昨日庄助と遊んでた子供たちが、おめえさんが庄助を連れてくのを見たと言ってたぜ」

「………」

佐々吉が一切を認める顔で、無言でうなずいた。

五

佐々吉、お北夫婦の訊問は、南茅場町《みなみかやばちょう》の大番屋の穿鑿所《せんさくじょ》で行われ、田ノ内伊織と三郎三が詮議に当たった。

そしてこれには、小次郎も同席した。

それは田ノ内のたっての頼みであり、あえて小次郎に臨場を求めたものである。れっきとした定町廻りの同心が、門外漢の浪人である牙小次郎などに詮議の臨場を求めるなど、ありうべからざることだし、また表立っては咎められることでもあるが、それだけ小次郎に寄せる田ノ内の信頼が厚いのであろうと、三郎三は内心で鼻を高くした。

その小次郎を陰ながら自分が支えているのだと、三郎三にはそういう勝手な自負があった。

かどわかしの動機は単純なもので、ひとえに金が欲しかったためだと、佐々吉がまず明かした。

それは太一の急死をきっかけにしてひらめいたもので、夫婦揃って合意し、その日のうちに物持ちの家の子供を物色した。

近所で見かけるどの子の家の事情も知っていたから、それですぐに丹金屋の庄助に目をつけた。

そして遊んでいた庄助を真《まこと》しやかに誘い出し、お父っつぁんに預かるように言われたと騙して、家へ連れて来た。

その時には太一の骸は家から運び出し、躰を折り曲げて小桶のなかへ入れ、小庭に置いておいた。

頑是《がんぜ》ない庄助はなんの疑いも持たず、佐々吉の四人の子供に混ざって面白そうにしていた。

だから紺絣の着物を脱がせ、太一の着物と着替えさせられても、庄助はむしろそのことを楽しんでいたようだ。

やがて庄助の行方不明に気づいた親許が騒ぎ出し、捜索隊が出るのをそれとなく盗み見ながら、紺絣の着物を着せた太一の骸を和泉橋の袂の神田川へ沈めた。

そして骸が流されないよう、太一の帯を杭《くい》にひっかけて細工もした。

太一にはすまなく思い、気が咎めたが、金への欲望がそれを凌駕《りょうが》した。

それから夜になって、神田川に子供らしい骸があると、それはお北がさり気なく鳶の衆に耳うちした。

太一の骸が引き揚げられたが、それが庄助のものではないとわかって、丹金屋夫婦は混乱し、さらに絶望感も味わったようだった。

そこで身代金百両を要求する文を佐々吉が書き、どさくさに紛れて丹金屋の店へ投げ込んだ。

見知らぬ子の骸が、わが子の着物を着ていたのだから丹金屋夫婦はおののき、うちのめされ、その効果によって大金をせしめることができると思ったのだ。

すべてを語り終え、どんな罰でも受けますと佐々吉はうなだれたが、家に残してきた四人の子はどうなりましょうと、情けない声で言った。

それは思案のほかだったので、田ノ内が困ったような顔を小次郎に向けた。

小次郎はそれに応え、即座によい判断を下した。

「夫婦がぐるであることを知っているのは、ここにいる三人だけですな」

「ふむ、それで」

田ノ内が身を乗り出す。

「かどわかしを考え、実行致したのはあくまで佐々吉一人であり、お北は何も知らなかった。そういうことにすればよろしかろう」

田ノ内は反芻《はんすう》するように考えていたが、

「うむ、それはよい方策じゃな。さすれば四人の子が路頭に迷うことはなくなる。よしよし、そういうことに致そう。お北、わしが目を瞑《つむ》るゆえ、おまえは帰ってよいぞ」

お北は顔をくしゃくしゃに歪め、

「お有難うございます」

小次郎と田ノ内に向かい、額をすりつけんばかりにして叩頭《こうとう》した。

「ところで佐々吉、おまえに聞きたいことがある」

小次郎が言った。

「へい、なんなりと。なんでも有体に申し上げやす」

「身代金の百両だが、おまえはそれを何に用立てるつもりでいたのだ」

「へえ、そいつぁ……」

佐々吉が口籠《くちご》もる。

「おまえがよほどの悪人か、あるいは欲深者ならいざ知らず、百両はあまりにべら棒ではないか。またおれの目には、おまえはそれほど強欲者とは思えん。どこぞに借金でもあるのか」

「いいえ、そんなものはございやせん。実はそのう……」

「大金のいるわけを申してみよ」

小次郎の言葉に、佐々吉はお北と見交わすと、

「正直に申します。身代金の百両は、神《かみ》の手《て》教《きよう》に献上したかったんでございやす」

「神の手教とな……」

小次郎が訝《いぶか》ると、三郎三がそれを受けて、

「神の手教ってな、この四、五年の間にできた新興宗教でさ」

「おお、神の手教ならわしも耳にしたことがあるぞ」

田ノ内が口を挟み、三郎三がつづけて、

「なんでも教祖様が病人の悪い所に手をかざすと、病いはたちどころに治ると言われておりやしてね、今じゃ大変な人気なんですよ。けどどう考えても、あっしにゃまやかしとしか思えねえんですが」

「まやかしなんかじゃありませんよ。教祖様は有難い生き仏でございやす」

佐々吉がむきになって反撥《はんぱつ》する。

「教祖は何者なのだ」

小次郎が佐々吉に問うた。

「桜子《さくらこ》様と申されます」

「桜子だと？」

失笑する小次郎に、三郎三が得たりと手を打ち、

「桜子だなんて、名めえからしていかがわしいじゃござんせんか、旦那。でえち、お手々を当てるだけで病気が治るんなら、医者はみんなおまんまの食い上げになっちまいやすよ」

「そんなことはありません、桜子様は神のお使いなんです」

そこで佐々吉は虚空《こくう》に目をやって手を合わせ、

「桜子様はあたしらに死んだ後のことをいろいろと教えて下さり、有難いお言葉を下さるんです。ですから教祖様を汚すようなことは言わないで下せえやし」

言い張る佐々吉に、三郎三がふんと鼻でせせら笑った。

その三郎三を、佐々吉が恨めしいようにして睨む。

小次郎が冷めた目を佐々吉に向け、

「その教祖、見たことはあるのか」

「へえ、御簾《みす》の向こうでしたが、有難いことにあっしにお声をかけて下さいやした」

「おまえはどこか具合が悪かったのか」

「人足仕事で腰を少し痛めちまいまして、それを治して貰おうと神の手教にへえることにしたんでございやす」

「それで、治ったのか」

「いいえ、まだ教祖様のお手を当てて頂けるまでには。もっと奉仕して、信心しなくちゃいけねえと言われやした」

「それがかどわかしの元なのだな」

「へ、へえ……」

「教祖とはどんな女なのだ」

佐々吉がうっとりするような目になって、

「そりゃもう、大変若くてお美しい御方でございやす。聞いたところによると、桜子様はお公家《くげ》様の出だそうでして」

「公家の出……」

強い興味を惹かれたのか、小次郎の目に青い光が走った。

六

神の手教は下谷《したや》長者町《ちょうじゃまち》一丁目にあり、商家の途絶えた先に豪壮な屋敷を構えていた。

屋敷というよりそれはまるで御殿のようなので、小次郎は怪訝に思って土地の古老に聞いてみた。

古老は茶店の主だから、小次郎に甘酒を供しながら、

「あそこは元は浅草の方の大きな米問屋が持っていたものなんじゃが、主が吉原の花魁に入れ揚げての、すってんてんにされて手放したんじゃよ」

「商人の寮（別宅）だったのか」

小次郎の言葉に、古老は同情の目でうなずき、

「贅沢な造りでござんしょう。その頃は主の屋号にちなんで伊勢《いせ》御殿などと呼ばれておったが、今は代替わりして桜御殿じゃ」

「桜御殿……」

「そう言えばおわかりでござんしょう、お武家様。神の手教の教祖の名前が桜子、

そこから取ったものなんですよ」

「その教祖だが、見かけたことはあるのか」

「いいや、一度もござんせんね。あたしゃ信心てえものがどうにも苦手でして。それにここいらの者はみんな、あそこにゃなるべく近づかねえようにしてるんです」

「それはどうしてだ」

「おっかねえさむれえがいて、今にもお手討ちにされそうな気がするんですよ」

「……………」

茶店を出て桜御殿まで戻り、さり気なく表門の周辺の様子を窺った。

古老が言う侍の姿は見えなかったが、信徒らしき男女が大勢出入りしていて、なかから鉦《かね》を打つような音も聞こえている。

敷地は三百坪はあろうかと思え、小次郎は築地塀《ついじべい》を巡って裏手へ廻った。

そこは雑木が繁り、信徒の姿もなくひっそりとしていた。

こぼれ落ちそうな南天の赤い実が、小次郎の目を射る。

吹く風は冷たかった。

当てもなくうろついていると、裏門の開く音がして、二人の男が出て来た。

どちらも町人のならず者風で、目つきが悪く、月代を伸ばして腰に長脇差を落としている。

一人は躰ががっしりして、片頬に刀疵《きず》があり、もう一人は背のひょろっとしたのっぽだった。

桜御殿とそぐわない二人連れなので、小次郎が目を向けた。

二人は小次郎を無関心に一瞥《いちべつ》しただけで、歩きながら何やらひそひそと話し込んでいる。

それがすれ違いざま、

「五百両とは大きく出たな」

のっぽが言うと、刀疵がせせら笑って、

「あれぐれえ吹っかけて当然よ」

そういう二人の密談が漏れてきた。

聞き捨てならず、小次郎が踵を返した。

男二人は長者町を抜けると北へ向かい、南大門町《みなみだいもんちょう》、同朋町《どうぼうちょう》を通り過ぎ、下谷広《ひろ》小路《こうじ》へ出た。

日の暮れを迎えて広小路は賑わっており、小次郎は何人もの人と肩をぶつけた。

そこいらはけころと呼ばれる私娼が有名で、ほかに名代の桜鮨《すし》や気の利いた料理屋などもあり、人々を飽きさせないのだ。

やがて二人は、裏通りにある煮売り屋へ入って行った。

店のなかは猥雑《わいざつ》な活気に満ちていて、町人の客ばかりだから、小次郎は少し気が引けたが、二人と背中合わせの席に座ることができた。

註文もしないのに亭主が酒を出したところを見ると、二人はどうやら常連のようだ。

小次郎は冷や酒を頼んだ。

「それで、これからどうする」

のっぽが刀疵に小声で聞いた。

「わかってるじゃねえか。搾れるだけ搾り取ってやるつもりよ」

刀疵がふてぶてしく答え、

「向こうがすんなり五百を出したら、次は千と吹っかけてやらあ」

「千だと？　待てよ、おい。あの屋敷にいる気味の悪いさむれえに叩っ斬られねえか」

のっぽが慌てたように言う。

「ああいうのはな、見かけ倒しと相場が決まってるんだ。この稼業《かぎょう》はどこまでも強気で行かなくちゃいけねえ。今までだってそうやってきたじゃねえか、相棒よ」

刀疵に肩を叩かれ、のっぽがおっかなびっくりの笑みを浮かべた。

小次郎は酒に口をつけずに耳を傾けていたが、それから二人は早い勢いで飲みつづけ、後はたがいの馴染みらしい岡場所の女の話を始めた。

そして半刻（一時間）もしないうちに、二人は店を出た。

少し遅れて、小次郎も銭を置いて席を立つ。

二人をつかまえて脅しをかけ、詳しい話をさせようと思っていた。会話の中身から、二人が神の手教をゆすっていることは容易に察しがついた。その脅しのねたを知りたかった。

二人の影が、ほろ酔いの足取りで辻を曲がった。

とたんに男たちの絶叫が聞こえた。

小次郎が走った。

辻を曲がると、男二人は長脇差を抜く暇もなく斬り伏せられていて、そのそばに痩身の武士が立っていた。

武士は黒の着流しに頭巾を被り、面体は窺えず、男か女かわからなかった。

それが走って来る小次郎の影を見て、血刀を懐紙で拭って鞘に納め、すばやく身をひるがえした。

小次郎が男たちの許へ来た時は、着流しの武士は逃げ去った後だった。

その闇をきっと睨み、小次郎が男たちのそばに屈んだ。

のっぽは絶命していたが、刀疵の方はまだ息があった。

「おい、誰に斬られた」

小次郎の問いに、刀疵は苦しい息の下から、

「おめえさんは、さっきの……」

刀疵は桜御殿の裏手で会ったことを憶えていたのだ。

「そうだ。おまえたちの話を耳にして、ここまでつけて来た」

「あいつらは……あいつらは……」

「あいつらがどうした？」

小次郎が問い返すと、そこで刀疵はがくっと息絶えた。

二人の骸を改めて窺うに、それは見事な手並だった。

刀疵は袈裟斬りにされ、のっぽは横胴を一刀のもとに斬り裂かれていた。

「……」

神の手教の存在が、小次郎の前に大きく立ちはだかったような気がした。

七

次の日の昼近くに、三郎三が小次郎の許を訪れた。

その時小次郎は、静謐《せいひつ》な離れ座敷で、盃に蒔絵《まきえ》を描いていた。

絵は一羽の鶴の立ち姿で、極めて繊細さを要する作業である。

小机の上には何本かの蒔絵筆、金粉や漆《うるし》を入れた小皿などが並んでいる。

「ほう、こいつぁまた……旦那が蒔絵をお描きんなるとは思ってもいませんでしたよ。結構なご趣味ですね」

小次郎が盃に書かれた鶴を見せると、三郎三はすっ頓狂《とんきょう》な驚嘆の声で、

「うへえ、こいつぁ凄えや、玄人《くろうと》はだしじゃねえですか」

三郎三の賞讃は決して大袈裟ではなく、小次郎の蒔絵の腕前はなかなかのものだった。

「おまえに褒められてもな、ここの昼飯ぐらいしか出んぞ」

「それで結構ですよ、丁度空っ腹でした」

そこですっと膝を詰め、

「旦那、ゆんべ辻斬りにされた二人の正体、知れやしたぜ」

「そうか」

小次郎が蒔絵筆を休め、三郎三に向き合った。

昨夜のうちに、男二人の斬殺を三郎三に知らせ、身許調べを頼んでおいたのだ。

三郎三には辻斬りの仕業ではないかと言っておいたが、小次郎は内心ではそうは思っていなかった。

あれは——。

(神の手教の手の者の仕業)

そう確信していた。

「一人は雷門《かみなりもん》の権次《ごんじ》、もう一人は助三《すけぞう》といって、二人でつるんでゆすりたかりで飯を食ってたろくでなしどもです。知り合ったのは寄場《よせば》みてえでしてね、だから辻斬りの仕業というより、あっしぁ二人に怨みを持ってる奴がやったんじゃねえかと思ってるんですが、どうでしょう」

「さあ、わからんな。おれはあくまで辻斬りだと思うが」

この件に三郎三を巻き込むつもりはないから、空惚けてそう言った。

三郎三は得心のいかない顔つきでいたが、

「へえ、そうですかねえ……まっ、いずれにしても死なれて誰もがほっとするような奴らですから、お役人方の方もどなたも熱を入れようとなさいやせん。けど人が殺されたことに変わりはねえんで、あっし一人で調べてみようかと」

「それがよかろう」

小次郎の返事は素っ気なかった。

八

桜御殿の門を潜り、玄関先に立った。

その時は信徒の姿は見えず、屋敷は森閑としていた。

「誰かある」

小次郎が声をかけると、奥から中間風の身装の猪之吉《いのきち》という男が現れた。

猪之吉はいかつい顔つきの中年で、武家の来訪に警戒の色を浮かべて、「へい」とだけ油断のない返事をした。

「神の手教の教えを乞いたい。教祖殿に会わせてくれぬか」

「何かお困りのことでもございますんで」

「うむ、悩みを抱えている」

しかつめらしく小次郎が言った。

ちょっとお待ち下さいと断って猪之吉が去り、やがて着流しに袴をつけた若い侍が現れて式台の前に着座した。羽織は着ていない。この男、櫛田民部《くしだみんぶ》という。

「お悩み事と聞いたが」

「左様」

「露骨な話で相すまぬが、寄進の金子《きんす》は用意なされておられるか」

やや横柄な感じで櫛田が言った。

いきなり金の話を持ち出すところが、いかにもいかがわしいと思ったが、

「十分に持参した」

小次郎が言った。

ではどうぞお上がり下されと櫛田が言い、小次郎を奥へ案内する。

長廊下を行きながら、小次郎は各部屋に注意を払った。

部屋は幾つもあるが、どれも障子が閉め切られていて様子はわからない。しかし人の気配はなく、不気味なほどに静まり返っている。

やがて櫛田が一室へ小次郎を招じ入れ、ここでお待ちをと言い置き、おのれは立

ち去った。

部屋には炭が赤々と燃えた火鉢があるだけで、家具調度類は何もなかった。畳の青さがより冷たさを感じさせる。

そこで小次郎が着座して待っていると、今度は中年の侍が入室して来た。これは羽織、袴姿だ。

若い櫛田と違い、男はどっしりとした体格で、その目は鷹《たか》を思わせ、相手を射竦めるように鋭い。

「貴殿はどのような悩みを抱えておられるのかな」

これも慇懃《いんぎん》だが、横柄な口調だ。

「それは教祖殿にしか申せぬな」

小次郎が突っぱねた。

「わしは北大路大炊《きたおおじおおい》と申す。ご貴殿は」

「牙小次郎」

「変わったお名でござるな」

北大路が冷笑を浮かべ、

「わしは教祖であらせられる桜子様の名代《みようだい》を務めておる。貴殿の悩み事を聞いた上で判断を致したいが」

「余人には申せぬ」

さらに小次郎がはねのけた。

「しかし手順としてはそうなっておる。したがって頂きたい」

「それならよいのだ」

「なんと」

「教祖というものは衆生《しゅじょう》の煩悩《ぼんのう》に耳を傾け、解脱《げだつ》を導き出すものではないのか。それが手順がどうのこうのと、面倒が過ぎようぞ」

「いや、しかしそういう決まりでござれば」

その時、どこからか凛然とした声が響いてきた。

「大炊、もうよい。それなる御仁、奥の院へ通せ」

「はっ」

北大路が仏頂面になり、小次郎をうながした。

小次郎はさり気なく目を配ったが、女の存在はどこにも突きとめられなかった。

連れて来られたのは大広間で、北大路の指図で定められた場所に座らせられた。

小次郎の正面には御簾が垂れ、その向こうの上段の間に、女人らしき姿が座っているのが見える。

　麝香《じゃこう》が焚かれて雅な匂いを漂わせ、それが小次郎の郷愁を誘った。この男はそういう芳《かぐわ》しき典雅のなかで育ったのだ。

「恭《かたじけな》い」

「教祖の桜子様にござる。わしは席を外すゆえ、存分にお話しなされよ」

　それで北大路が去り、大広間は御簾を挟んで小次郎と桜子だけになった。

　庭に面した障子は閉め切られ、庭木からのどかに雀の鳴く声がしている。

「悩み事なるもの、申してみるがよい」

　桜子が言った。

　それは妙なる笛の音にも似た美しい声だった。まだうら若く、あくまで澄みきった乙女の音色のようだ。

　だが、無言でいる小次郎に、桜子は苛立ちを滲ませて、

「どうした、何をためろうている」

　声は美しいが、人柄は権高《けんだか》なようで、人を見下す驕慢さが感じられた。

「このおれに悩みなどない」

「なんと申した」

桜子の声が尖った。

「よしんば悩みがあったとしても、人に相談する手合いでもないわ」

「では、何ゆえここへ参った」

桜子の声に狼狽が感じられた。明らかに小次郎を奥の院まで通したことを後悔しているようだ。

「何しに来たと言われれば、答えはひとつしかない」

小次郎がさっと立って御簾をはねのけ、上段へ入った。

そこに絶世の美女がいた。

小次郎が目を見開いた。

桜子の歳の頃は二十二、三か。髪をおすべらかしにし、置き眉で白粉《おしろい》を塗り、唇に色鮮やかな紅を引いている。女らしき眉目はことのほか優れ、鼻梁《びりよう》あくまで高く、目は涼やかである。

また衣服はといえば、縞縮緬《しまちりめん》の表着に、打掛けは金銀赤を使い、花蝶をあしらった美麗なそれを身にまとっている。

まさに王朝の姫君そのものの装束である。

しかし、そんなものに目の眩む小次郎ではなかった。

ひと目見て、

「ふん」

てなものである。

そして小次郎を目《ま》の当たりにした桜子姫の内面にも、ひとつの大きな変化が生じた。

それまでの権高な態度が影をひそめ、恐縮の体《てい》になって、

「こ、これは……」

驚愕してその場に平伏したのだ。

小次郎がすっと目を細めた。

(この女はおれの身分を知っている)

そう思ったのだ。

「そなたとは、どこかで会《お》うたかな」

「は、はい……」

「氏素姓を申せ」

「それはお許し下さいませ。今では都落ちを致し、日陰に暮らす身なれば……」

小次郎は皮肉の笑みで、

「このような屋敷を構えての日陰の身と申すか。それはちと、得心が参らぬが」

「これもひとつの身過ぎ世過ぎとお考え遊ばされませ。何とぞ、ご容赦を」

「左様か。ではあえて問うまい。しかし神の手教とは、いかにもまがまがしいぞ。無知な衆生をたばかってはおらぬか」

「それはあくまで根のない外聞にござりまする。元を申さば、人を救うことに喜びを見出し、始めたるもの。邪《よこしま》な思いはみじんも」

「そうかな」

小次郎の声には疑いの響きがある。

「信じて下さりませ。とかく世間と申すものは、あることないことを真しやかに吹《ふい》聴《ちょう》せしもの。このわたくしは、まっとうな気持ちで教えを授けているつもりにござりまする」

「では尋ねるが」

「はい、なんなりと」

「浅草辺りに巣くう無頼二人が、何者かに斬り伏せられた。そなたの手の者の仕業ではないのか」

「いいえ、与り知らぬことにござりまする」

桜子がきっぱりと言う。

その目に曇りはなく、小次郎は一瞬たじろいだ。

「しかしその二人がこの屋敷から出て参るのを、おれはこの目で見ている。搾り取れるだけ搾り取るのだと申しておった。ゆすられていたのではないのか」

桜子は真摯《しんし》な態度を変えず、

「ここも今では世間に広く知られ、様々な者たちが出入りしてござりまする。その二人は知りませぬが、以前にもそのような手合いに言い掛かりをつけられたことが……されどわたくしは、相手には致しませんでした」

「二人の死とは関わりないと、申すのだな」

「はい」

小次郎と桜子が、暫《しば》し見つめ合った。

やがて、

「……相わかった。そなたの言葉、信ずると致そう。邪魔をした」

小次郎が身をひるがえそうとすると、背後から桜子の声がかかった。

「親王様には、何ゆえこの江戸に」

「………」

「お聞かせ下さりませ。何がございましたか」

「何もない」

背中で答え、小次郎が見返った。

「では何ゆえ、都をお捨てになられましたか」

「都を捨てた、とな」

「はい」

「おれはそうは思うてはおらぬが……あえて申すなら」

「はい」

「修業だ」

「修業?」

「浮世を知りたくなったがゆえ、野に下った。父母も承服してのことだ」

「そのような……にわかには信じられませぬが」

「何がどうあれ、おれはこの江戸が気に入って闊達《かったつ》に生きているつもりだ。そなたとおなじく、人それぞれということだ」

そう言い残し、小次郎は出て行った。

「……」

凝然と一点を見つめる桜子の目に、怖ろしいほどの情念の炎が燃えていた。鈴を鳴らし、北大路を呼んだ。

「北大路」

「はっ」

「今の男、住まいをつきとめて参れ」

「何か、ございましたか」

「何も聞かずに、行け」

「ははっ」

九

（そりゃまあ、あたしは渋皮の剝けたいい女なんだから、世間の男が放っとかないのも無理ないわよ。でもだからって……あたしの方にその気はまるっきりないのよ。追いかけても無駄というものなのよ。追えば逃げる、逃げれば追う、それが昔からくり返されてる男女のいたちごっこだけど、うむむ、今度ばかりは困ったわ、どうしよう……）

胸の内で、うぬぼれと自負が半分ずつでつぶやきながら、小夏は後ろからついて来る気配に気を重くしていた。

さり気なく視線を流すと、やはり思った通りあの男だ。

所用があって立ち寄った町火消しの頭《かしら》の家から、ずっとつけて来ている。

その男にこの半月以上、つきまとわれているのだ。

男は日本橋本石町《ほんごくちょう》の呉服店《ごふくだな》、越前《えちぜん》屋の総領で与四郎《よしろう》という。歳は二十の半ばほどか。

与四郎はれっきとした大店の跡取りでいながら、貧相な顔つきをしており、内向的ではにかみ屋の気性で、いつも内に籠もって小夏のことを思いつづけている。それが鬱陶《うっとう》しくてたまらない。

小夏はその前は別の呉服店で着物を誂《あつら》えていたのだが、近頃仕立てが雑になってきたのに腹を立て、越前屋に切り替えたのだ。

越前屋の主はしかるべき人物だが、その時小夏の応対に当たったのが与四郎で、ひと目惚れしたのかどうかわからないが、その日以来、つきまといが始まったのである。

近頃では小夏の腰巻や襦袢などが盗まれる騒ぎもあり、それも与四郎の仕業だと思っていた。

現に裏庭の辺りで、石田の家の女中が与四郎の姿を目撃しているのだ。

ともかく知らんふりをしていなくてはと、そそくさと家路を急いでいると、与四郎が思い余ったように駆けて来て、小夏に肩を並べた。

「偶然ですね、こんな所で小夏さんとお会いするなんて」

恥ずかしそうにうつむき加減に言い、それでいてすばやく小夏の表情を与四郎は盗み見ている。

その目つきがいやらしいし、息も臭い。

「ああら、これは誰かと思ったら越前屋さんの若旦那、その節はお世話になりました」

胸をむかつかせながら明るく言った。着物を誂えて貰った時の礼である。仕立てに関しては、越前屋に文句はなかった。

(何が偶然よ、ずっと尾行してたくせに)

腹のなかでは毒づく小夏である。

「この間仕立てた小袖は、小夏さんにはちょっと地味でしたね」

与四郎が控え目に言う。

「あら、そうかしら。あたしは品がよくって気に入ってますけど」

「ううん、小夏さんならもっと派手なものを着なくちゃいけません。どんな派手なものでもお顔立ちが美しいから、見栄えがしますもの」

しなを作るようにして言った。

(陰間か、あんたは)

と言いたくなった。

呉服店の人間というものは女客相手が多いから、どうしてもこういうやさ男の口調になるのだ。

しかし、与四郎はやさ男とはほど遠く、ごつい躰つきをしていて、商人にしては膂力《りょりょく》もありそうである。手込めにでもされたら、舌を嚙んで死ぬつもりでいた。

手込めは論外だが、指一本触れられるのもおぞましかった。

「あのう、どうでしょう」

与四郎がもじもじと切り出した。

「はっ?」

「そこいらで少し休んで行きませんか。まだ誰も知らない、これから売り出す小袖の新柄があるんですよ」

与四郎がねっとりとした口調で言った。

小夏は慌てて、

「いえ、あの、今日はちょっと……またの機会ということにして下さいましな。先を急ぎますんで、ご免なさい」

呆気にとられた顔の与四郎をそこへ残し、小夏は逃げるようにして歩を速めた。

（またの機会だなんて、どうしてあんなこと言っちまったのかしら。当てにでもされたら困るのに。それにしてもしつこい男ねえ。これだけ邪険にされてるんだから、あたしの気持ちがわかりそうなものなのに……）

舌打ちしながらも、与四郎から遠く離れ、小夏は少し気が軽くなった。

十

石田の家へ戻るなり、小夏は番頭の松助と小頭の広吉《こうきち》を居室に呼んで、与四郎のつきまといの件を打ち明けた。

「うむむ、そいつぁ難儀なことでござんすねえ、女将さん」

四十男の松助が、分別臭い顔を難しくして言った。

すると広吉が、

「つきまといは、女将さんの思い過ごしじゃねえんですかねえ」

と言った。

この男は八人の纏職人をうまくまとめていて、石田の家にとっては得難い存在なのだが、三十過ぎてもまだ純な独身男をやっているから、融通の利かないところがあって時に扱い難い。その特徴である才槌頭《さいづちあたま》と同様に、広吉は石頭なのだ。

それで小夏はむきになって、

「何言ってるの、思い過ごしなものかね。ねちねちとずっといやらしくつきまとわれて困ってるんだから。少しはあたしの身にもなっとくれよ」

「はあ、そうですか」

広吉はまだぴんとこない表情で、それから変ににやついて、

「いい女に生まれると苦労が絶えませんね」

「ふん」

小夏が鼻先で嗤う。

「恐らくその男は女将さんに岡惚れして、頭に血が上ってるんでござんしょう。あたしが越前屋へ行って、親御さんにそれとなく釘を刺してみやしょうか」

松助が提案する。

そう言われると小夏は、急に引っ込み思案になったように、

「でもそれをすると、もう越前屋には行けなくなるわねえ」

「呉服店なんて、いくらだってあるじゃございませんか」

「うむ、困ったわ……」

越前屋に出入りできなくなる不都合より、事が公になって与四郎が立場を失うことの方が気の毒に思えた。

小夏にその気がないのだから、与四郎のつきまといには自分がひたすら我慢をすればよいのだと、そういう女らしい解決に身を委ねることにした。

「女将さん、その男が今度近づいて来たら、あっしらが蹴散らしてやりますよ。あまり気にしねえことですね」

「うん、そうするわ」

「いい女だから身が持たねえや」

広吉がまた変なことを言った。

それで松助と広吉は店へ戻って行った。

夕方になって、小夏は据風呂《すえ》に入った。

据風呂というのは内湯のことで、江戸は鉄砲風呂といって、鉄の筒を風呂桶のなかに入れて筒の中の薪を焚いて湯を沸かすのである。

小夏はまだ二十の半ばを過ぎたばかりで、子供を産んでいないから乳は上を向き、尻も垂れず、肌の色艶も悪くない。

その美しい裸身を湯船に沈めていると、すぐ近くで喘ぐような男の声が聞こえた。

ぎょっとなって身を硬くし、周囲を見廻すと、湯気出しの小窓から覗いている男の目とぶつかった。

「きゃっ」

思わず大声で叫んだ。

男が裏庭の板塀からとび下り、慌てて逃げて行く足音が聞こえる。

小夏の悲鳴に、女中の何人かが駆けつけて来た。

「女将さん、どうしましたか」

一人が板戸の向こうから声をかける。

そこで小夏は懸命に気を鎮め、これ以上騒ぎを大きくするのはやめようと思い、

「ご免ね、なんでもなかったの。屋根の上を猫が通ったんで驚いただけよ」

それで一件は収まったが、覗いていた男の目は与四郎のものだったと、小夏は確信した。

また憂鬱な気分が戻ってきた。

夜更けて小次郎が離れから出て来ると、廊下の暗がりに男の背がうずくまっているのが見えた。

声を出すのをやめ、男の動きを見守る。

やがて男はそろそろと動き出し、着物の裾をからげて小夏の居室の方へ向かった。

そして抜き足差し足で居室に近づき、なかの様子を窺う。

小夏の寝息が聞こえている。

それは与四郎で、ごくりと生唾を呑み込み、性の昂りを抑えきれなくなってすうっと障子を開けた。

そして忍び込もうとした寸前、小次郎に背後から襟首をつかまれた。

与四郎がぎくっと身を硬くする。

「夜這《よば》いのつもりか、おまえ」

冷やかな小次郎の声だ。

与四郎が泡を食い、何やら叫んで凄まじい力で小次郎に体当たりを食らわせ、猛然と庭伝いに逃げ出した。

小次郎がすばやくその後を追う。

もうその時には小夏は目を覚ましていて、起き上がって寝巻に丹前《たんぜん》を引っ掛け、庭下駄を突っ掛けて二人の後を追った。

小次郎は近くの路地裏に、与四郎を追いつめていた。

与四郎は角力《すもう》の心得でもあるのか、大きな躰を屈めて取組《とりくみ》の構えをしている。

小次郎の方は例によってだらりと両手を下ろし、無手勝流《むてかつりゅう》の構えだ。

そこへ小夏が駆けつけ、はっと息を呑むようにして二人の対峙を見守った。

「やあっ」

勇ましい掛け声を発し、与四郎が小次郎に突進した。

組み打とうとするその顎に、小次郎の鉄拳がめり込んだ。

それだけで与四郎は衝撃を受け、方向を失ったようにしてよろめいた。さらにその顔面に二発目の鉄拳が炸裂する。

「ああっ」

与四郎が腰が抜けたようになり、すとんと尻餅をついた。たちまち鼻血が噴き出してくる。

小夏がつかつかと寄って来て、与四郎を睨み、

「あんた、こんな夜中にまであたしの寝込みを襲おうとして。いい加減にして下さい、頭がおかしいんじゃありませんか」

小夏の怒声に近隣の者たちが起きて来て、ひと固まりになって見ている。そこからぼそぼそと囁き合っていた。

「女将、知り合いなのか」

小次郎が言った。

「ええ、つきまとわれて往生してたんです。それでもこの人の体裁を考えて、あたしは我慢するつもりでいました。でも夜這いまでかけるなんて行き過ぎです。与四郎さん、自身番に突き出しますよ」

「ま、待ってくれ、それだけはしないでくれよ。もうつきまといはしないから、今夜は見逃しておくれ」

「もうあんたの店では着物は誂えませんからね、道で会っても知らん顔をして下さいな。いいですね」

「わかった、よくわかった。もう金輪際やめるから」

与四郎が埃《ほこり》を払って立ち、恐る恐る小次郎の横をすり抜けながら、

「あんた、いったいなんなんだ。小夏さんの情夫《いろ》か」

執念の色で毒づいた。

「下司の勘ぐりは見苦しいぞ。早々に退散しろ」

小次郎が浴びせた。

「畜生、覚えていろよ。人の恋路を邪魔するとどんなことになるか、いつか思い知らせてやるからな」

逃げ出しながらそうほざき、立ち去った。

人目があるから、それで小次郎と小夏は石田の家へ戻って行った。

しかし、近隣の者たちのなかには、話の内容がわからず、小次郎が与四郎を一方的に脅したように見た者もいたのである。

それこそが、小次郎の奇禍《きか》の元だったのだが――。

十一

翌朝になって、小次郎は居住している離れ座敷の異変にふっと気づいた。

誰ケ袖屏風が少し奥へ押しやられている。

衣桁にかけた帯が落ちていた。

そして畳に、微かだが土足の跡が見えた。

明るい日差しが、座敷いっぱいに広がっている。

この離れは総檜造りの独立した家屋で、石田の家の母屋と渡り廊下でつながっている。内部は十畳と八畳の二間に、広い土間が取ってあり、表からも裏からも出入りできるようになっていた。

田ノ内や三郎三などは、母屋から来ることもあれば、面倒な時は裏から直に離れへ入って来る。

千客万来ではないが、戸締りなどは一切せず、自由闊達に生きる小次郎の精神そのままに、開放的だ。

ここへ忍び入る者がいるなどと、考えたこともなかったが、昨夜、何者かが侵入したことは間違いなかった。

しかし、小机の上に剝き出しで置かれた小判や丁銀、豆板銀などは手つかずだし、賊がなんの目的で侵入したのかは不明だ。

解せぬ思いで蒔絵描きに向かおうとし、そこでつっと小次郎の表情が曇った。

鶴の立ち姿を描いた盃がなくなっていた。

「……」

とっさに陰謀の匂いを感じた。

(これは何者かの、意図的な仕業だ)

そう思った。

小夏が茶を持って母屋から来た。

「旦那、ゆんべはすみません。胸がすっとしましたよ。助かりました」

そう言った後、浮かない顔の小次郎を訝って、

「どうかしたんですか」

「昨夜、何者かがここへ侵入したようだ」

「ええっ」

小夏が驚きで目をぱちくりさせた。

「おれの描きかけの蒔絵盃が盗まれた」

「そ、そんな……この離れへ誰かが忍び込むなんて」

小夏が泡を食ったように辺りを探し廻る。

だが、盃はどこにもない。

「蒔絵盃なんか盗《と》って、どうしようってんでしょう」

「金には手をつけず、この世にひとつしかないものを持ち去った。そこに賊の底意を感じるぞ」

「その賊って、いったい誰ですか」

「ふん、賊は賊だ」

小次郎がにべもなく言う。

そこへ田ノ内と三郎三が裏手からやって来た。

「牙殿、折入ってお話がござる」

田ノ内が硬い表情で言った。

三郎三もいつにない様子で、小次郎と目を合わせないようにしている。

小次郎が目顔でうなずき、小夏は二人に挨拶をすると、気を利かせて出て行った。

「これは牙殿のものか」

小次郎と対座すると、田ノ内が懐から手拭いに包んだものを取り出し、なかを開いた。

鶴の立ち姿の蒔絵盃だ。

「いかにも。それがし、描きかけのものに相違ない」

小次郎が表情を無にして答え、

「昨夜紛失したものと思われるが、これをなぜ田ノ内殿が」

「殺された男の懐にあったのだ」

小次郎が険しい目になって、

「その殺された男というのは」

「日本橋本石町、呉服店越前屋の倅で与四郎と申す者じゃ」

「……」

「昨夜、貴殿と与四郎との間に悶着《もんちゃく》があったようじゃな」

小次郎は黙っている。

「貴殿にはすまぬが、朝のうちに近隣の聞き込みを致し、昨夜の顚末を耳に入れた」

「……」

「ここの女将に懸想《けそう》した与四郎が夜中に押しかけ、それを貴殿が撃退した。そうじゃな」

小次郎が首肯する。

「その後、貴殿は刀を取って後を追い、日本橋へ帰る途中の与四郎を、中之橋《なかのはし》の上で斬り伏せた」

「……」

「とまあ、それは与力殿が申していることなんじゃが、わしは信じておらんからな。与四郎の方に非はあれど、そんなことで商家の倅を手に掛けるようなお主ではない」

「……」

三郎三が憤懣《ふんまん》やるかたない思いで、

「当たりめえじゃねえですか。牙の旦那がそんなことするわけねえんだ」

「それはよくわかっているが、わしは板挟みで困っている」

田ノ内が重い溜息を吐いた。

「いいですかい、旦那。牙の旦那を取り調べようなんて間違ってますぜ。あっしらが今までどれだけ世話んなってるか、考えてもみて下せえよ」

三郎三が田ノ内に噛みつく。

「したが上からそう言われたら、わしとしてはどうにもならんのだ」

田ノ内が小次郎に頭を下げ、

「すまぬが、役所まで同道願えぬか」

「……」


小次郎は無言で考えに耽っている。

田ノ内と三郎三が、それを息を詰めるようにして見守った。

やがて小次郎は席を立って刀を取り、

「降りかかった火の粉は払わねばならんな」

そう言った。

十二

数寄屋橋御門内《すきやばしごもん》にある南町奉行所の、吟味部屋へ通された。

そこは十二畳ほどの広さで、火の気はなく、がらんとして無機質だった。

田ノ内が言っていた与力殿とは、吟味方与力の片桐右膳《かたぎりうぜん》という男で、四十がらみの岩のようなごつい顔つきをしていた。

書役同心を同席させず、片桐は小次郎と二人だけで向き合うと、正面から冷厳な目を据えた。その視線には容赦のない手厳しさを感じさせた。

ほかの科人《とがにん》であるなら震え上がるところであろうが、小次郎にはなんの痛痒《つうよう》も感じられなかった。

まず片桐が口を切り、事件のことには触れずに、

「お手前は、いかにして浪々の身になられたか」

言葉は丁重だが、その目には相手が浪人と思ってか、蔑視《べっし》の色が浮かんでいた。

「いかにして……」

「左様。好きで浪人になったのではござるまい。そこからまず聞きたいものだな」

「いいや」

小次郎が否定し、片桐がむっとした目を剥いた。

「それがし、まさに好き勝手に浪々暮らしをしておる」

「詭弁《きべん》を弄《ろう》さずと、有体に申されよ」

「これが、有体でござる」

片桐が失笑して肩を揺すり、

「では出自を尋ねよう。かつての国表《くにおもて》はどこかな」

「山城国《やましろのくに》にござる」

「いずこのご家中か」

「それは申せぬ」

「ここで打ち明けても障りはあるまい。出自を伏せると不利であるぞ」

「不利……」

「おのれの置かれている立場を認識すれば、わかることだ」

「構わん。言いたくないものは、言えぬ」

「そうか。この江戸に在りながら、お上に楯突くつもりなのだな」

「それほどの強い存念はないが、そちらがそう思うのなら一向に構わん」

「相わかった」

そこで片桐はがらっと態度を変えると、

「不逞《ふてい》浪士の分際で、小賢《こざか》しいもの言いをするではないか。この身のほど知らずめが」

脅しのつもりのようだが、小次郎には通じない。その表情に揺れはなかった。

「ではどのようにして纏屋の家に住みついたのだ。若後家の女将をうまいこと籠絡致したか」

「………」

「その女将を護るため、お主は中之橋の上で越前屋与四郎を斬り殺したな」

「………」

「その際、お主は不覚にも懐に忍ばせた蒔絵盃を落とし、瀕死の与四郎がそれを握りしめた。死に行く者の意地かも知れん。動かぬ証拠だ。お主をよく知る三郎三を問い詰めたところ、蒔絵盃のことを証言した。この世に二つとないものだ。これではもはや言い逃れはできまい」

「よしんば与四郎を殺意を持って追ったとして、なんのために蒔絵盃を懐に忍ばせてゆかねばならんのだ」

「それは……」

「蒔絵盃でなくとも、おれの所持するものならなんでもよかった。それが与四郎の懐にさえあれば、おれが下手人ということになる。しかし、そこに作為がある、無理もある」

「どのような無理があるというのだ。お主が与四郎殺しの下手人でなければ、なぜ死者が蒔絵盃を持っていた。作為も無理もない、あるのはお主が人を殺したという事実だけだ」

不意に小次郎が黙り込んだ。

「どうした、なぜ黙っている。抗弁はそれで終わりか」

「……」

片桐の話し方は粘液質で、暗い底意のようなものが感じられた。そういう体質の男なのか。

「黙《だ》んまりを通すということは、与四郎殺しを認めるのだな」

「……」

「それならよかろう。これより牢屋敷送りと致す。武士らしく、潔く縛《ばく》につけ」

「笑止千万」

嘲《あざけ》るような小次郎の声だ。

「なんと申した」

片桐がかっとなって睨んだ。

「このような詮議は承服しかねる。みずからの手で本当の下手人を捕える」

「そうはさせぬぞ」

片桐が片膝を立て、小次郎の胸ぐらを取った。

だが、小次郎は怯《ひる》まず、その手首を強い力で握りしめた。

「うぬっ」

痛みに片桐の顔が真っ赤になった。

小次郎はそのまま片桐の手首を折れんばかりにねじ曲げ、乱暴に突き放した。そしてすばやく吟味部屋を脱出した。

片桐の大音声《だいおんじょう》が響く。

「出会え、科人が逃げたぞ」

あちこちから、騒然とした気配が伝わってきた。

奉行所内で科人が逃走するなど前代未聞のことだから、たちまち上を下への大騒ぎとなった。

異変を知らせる触れ太鼓が打たれ、表門と裏門が固く閉ざされた。

同心、小者《こもの》たちが、殺気立って所内を駆け巡る。

しかし、これは小次郎にとっても困難を極めた。

江戸へ来て初めて踏み込んだ町奉行所だったが、その広さと迷路のような造りにことごとく行き場を塞がれた。

南町奉行所の総坪数は二千六百十七坪で、細かく区切られた部屋数は無数である。くねくねと廊下を曲がり、人影が近づけば小部屋へ逃げ込んだ。しかし、そこにも長くはいられず、近くで人声がし、襖や障子が烈しく開け閉めされた。

公事人溜りには何人かの浪人の姿が見えたが、そのなかへ紛れ込むことは不可能だった。

その日の小次郎は色鮮やかな藍色の小袖だったが、浪人たちはどぶ鼠色のような着物を着ている。

さらにそこから身をひるがえし、再び廊下を小走って来ると、小次郎探索の同心とばったり出くわした。

同心が声を発するより早く、とびかかって当て身をくらわせた。気絶したその躰を小部屋へ引きずり込み、また廊下へ出て奥へ突き進んだ。

すぐ近くで、入り乱れた荒々しい足音がする。

――ここから出られぬのか。

蟻《あり》地獄にでも落ちたような気がして、小次郎は焦った。

見知らぬ所だから見当のつけようもなく、やみくもに逃げるしかなかった。

「いたぞ」

後方から男の声が上がった。

さっと見返ると、同心、小者の一団が大挙して追って来た。

逃げた。

廊下を幾つか曲がったところで、いきなり黒い影がとび出し、抱きついて来た。

「旦那、こっちへ」

三郎三だった。

彼に導かれ、一室へ逃げ込んだ。

そこには田ノ内もいた。

一室の前を無数の足音が通り過ぎて行く。

小次郎がつかの間の安堵を得た。

「牙殿、まずいことになったの。これでは天下の大罪人だ」

田ノ内が困惑顔で言う。いつものんびり間延びしたような彼が、今日はおたついていた。

「逃げずとも、結果はおなじでござろう」

「そ、それは確かにそうだが……」

「旦那、あっしと田ノ内の旦那とで、何がなんでも逃がしやすからね、大船に乗った気でいて下せえよ」

三郎三の気持ちは嬉しかったが、小次郎は半ば諦めで、

「無理をせずともよいぞ、三郎三。ここはまるで難攻不落の要塞だ。攻めるもならず、出るも叶うまい。さすが天下に聞こえし江戸の町奉行所だ」

皮肉を混じえて言った。

「無理なんかしやせんよ。それにしても旦那はどたん場で運が強えや」

「どういうことだ」

「うめえことに仮牢で一人、死人が出たんですよ」

死人は裏門からこっそり出すのが決まりだから、小次郎を早桶へ忍ばせ、田ノ内と三郎三がそれを担いでとことことやって来た。

裏門にも同心や小者たちがいて、警戒の目を光らせており、その前に青物屋が積荷のなかを厳しく調べられているのに、早桶を見て不審に思う者は誰もいなかった。

しかし、老齢の田ノ内が担いでいるので、小者の一人が飛んで来て、

「田ノ内様、あっしが担ぎやしょう」

と言った。

「いや、なんのこれしき。それより科人を逃さぬよう、注意を怠るでないぞ」

そう言っておき、三郎三に目配せして通り抜けようとした。

その時、背後から凜とした声がかかった。

「待て」

田ノ内と三郎三がぎくりとなって立ち止まり、恐る恐るふり向いた。

片桐右膳が近づいて来た。

「田ノ内、早桶のなかには誰がいる」

「今朝方死んだ品川《しながわ》無宿の五兵衛《ごへえ》という男でござる。盗みの科ですが、老齢で長患いでござった」

「………」

「それが何か」

片桐は黙って早桶を見ている。その目に疑心と迷いが浮かんでいる。

「ご不審なら、なかを改めますかな」

思い切って言ってみた。

「いや、それには及ばん。行けい」

「はっ」

田ノ内が三郎三にうながし、足早にそこを通り抜けた。

二人とも、冷や汗がたらたらだ。

奉行所の界隈は大名屋敷ばかりで、閑散としているが、人目にもたち易い。

それで二人はしばらく早桶を担いで行き、因幡《いなば》鳥取《とっとり》藩横手の雑木林へ入った。

「まったく、肝を冷やしやしたぜ」

「わしは寿命が縮んだわ」

二人がほっと安堵の目を交わし合う。

三郎三が辺りを窺いながら蓋を開け、小次郎が早桶から出て来た。

「助かった。二人には心から礼を言う」

小次郎の言葉に田ノ内が首肯し、

「して、これからどうされる、牙殿。役所の面目にかけても追捕の手は弛《ゆる》めぬだろうから、もはや市中に身の置き場はないぞ」

「ご案じめさるな。後はおのれでなんとか致そう」

「旦那、下手人に心当たりはねえんですかい。あるんだったら陰にてお手伝いしやすぜ。何せ旦那は、大手をふって町を歩けねえ身になっちまったんですから」

三郎三が半分泣きっ面で言った。

「気遣い無用だ。しばらく地下に潜る」

二人に会釈し、小次郎は消えた。

田ノ内と三郎三はこれからまた奉行所へ戻り、本物の品川無宿の五兵衛の骸を運び出さねばならない。

それで空の早桶を担いで戻って行った。

十三

それから半日も経たないうちに、江戸中の各所に牙小次郎の人相書が貼り出された。

人相書には、

「越前屋与四郎殺し　牙小次郎」

墨痕《ぼっこん》鮮やかな文字が躍っていた。

稀代の大悪人、とも書いてある。

日が暮れても捕方《とりかた》の数は減らず、彼らが盛り場をものものしく巡邏《じゅんら》し、飲食店の客足にも影響が出るほどだった。

石田の家は定廻り、臨時廻りの同心や岡っ引き、下っ引きらが出入りし、交替で見張りが立った。

小夏は深刻に思い詰めて、役人たちと顔も合わせたくないから、ずっと居室に引き籠もったままでいた。

だから彼らとの対応には、番頭の松助、小頭の広吉が当たっている。松助たちにも女将の不機嫌が伝播して、役人らに突っけんどんである。

また彼らだけでなく、石田の家の職人も女中も皆、役人たちとは口も利かない。むろんお茶ひとつ出さない。うっかりしていると、水もひっかけられかねない。それでなくとも、由緒ある石田の家に役人が張りつくなど、こんな不興なことは未だかつてないことで、享保からの伝統に疵がつけられたような不名誉な思いなのだ。

一方の役人にしてみれば、針の筵のようでいたたまれず、それで家に上がり込むのを控え、表で見張ることにした。

しかし、それがまた近隣の目につくから、事はなおさらねじくれた。

「はあ……」

出るのは溜息ばかりだった。

この家から小次郎の姿が消えてからというもの、小夏は腑《ふ》抜けて腰が抜けたようになってしまった。空虚とはこういうものかと思った。

牙の旦那があの与四郎を斬り殺すなど、ありうべからざることだ。ほかの誰かが手を下したに決まっている。

しかし、それが誰の仕業で、なんのためにそんなことをしたのか、そういう事件の方は小夏にはどうでもよかった。

小次郎がいなくなったということが、小夏にとっての大事件なのだ。

初めの日のことが、甘酸っぱいような思いでよみがえってきた。

小次郎が辻斬りに間違われ、三郎三に十手を向けられると、難なく彼を地べたに叩きつけて涼しい顔をしていた。

それを見ていた小夏が、小次郎に興味を惹かれ、これからどこへ行くのかと尋ねると、どこぞの寺の門を叩くつもりだと彼は言ったのだ。

その時から、この人を庇護《ひご》して上げなくては、という気持ちが芽生えた。

それで石田の家へ連れて来て、空いている離れを見せると、彼はことのほかそこを気に入って、借り受けたいと言った。

亭主に死なれ、纏屋の後家として気を張って生きてきたつもりだったが、小夏は心のどこかに言いようのない空洞を抱えていた。

それが小次郎と知り合い、何かしら胸に暖かな火の灯ったような気がしたのだ。

それにしても、今になっても小夏は小次郎の氏素姓を知らず、また彼も語ろうとはしないから、本当の風来坊だと思っている。だから身の上の詮索は、なるべくしないようにしていた。

それでいて、そこはかとなく感じられる小次郎の人柄は、小夏の目からはまるで春風のようで、すこぶる心地よいのである。そこいらに燻《くすぶ》っている薄汚れた風来坊とは、比べものにならなかった。

離れだからおなじ屋根の下とは言わないまでも、この石田の家の敷地に小次郎が住んでいるというだけで、小夏に励みと張り合いを持たせてくれた。

しかし、こんなことになってしまっては、小次郎はもう二度と戻って来ないような気がした。短い縁だったのだ。

——短い縁。

それを思うと、泪が出そうになった。

「女将さん」

松助が声をかけ、広吉と共におずおずと部屋へ入って来た。

小夏は二人の方など見ようともせず、長火鉢の方に顔を伏せている。

「ちょいとお話が……」

松助が遠慮がちに言った。

「なんだい」

小夏は顔を伏せたままだ。

「広吉とも話し合ったんですが、この先、牙の旦那がたとえ無罪放免でお帰りんなったとしても、出てって貰った方がよろしいんじゃないかと」

小夏がぱっと顔を上げた。

「なんだって」

「いえ、ですから牙の旦那をここへ置いとくのはよくないと思いまして」

「どうしてさ」

小夏の目が尖った。

すると広吉が松助に代って、

「この伝統ある石田の家のためなんですよ、女将さん」

「……」

家を持ち出されると、小夏は返す言葉がない。

広吉がつづける。

「わけはどうあれ、牙の旦那のせいでこんなとんでもねえことになっちまって……石田の家は今や世間の晒しものですよ。今さら言いたかねえですが、あの旦那がここに住むについちゃ、あたしら元々反対だったんです。どっかのれっきとした御方ならともかく、あたしら未だに旦那の素姓を知らねえんですからね」

広吉の言うことも、もっともなのだ。

ところが、

「どこの馬の骨とも知れない風来坊、牙の旦那のことをそう言いたいのね」

広吉の言葉を遮って、小夏が喧嘩腰で反撥した。

その語気の強さに、広吉は口をすぼめて下を向いた。

そこを松助が仲裁するようにして、

「まっ、あたしの意見もどっちかってえと広吉寄りでして。あたしが未だにひっかかってるのは例のお宝のことです」

「ああ、あの千両……」

千両の件とは、小次郎がここへ間借りをするに際し、それまで担いできた挟み箱を無造作に小夏に託した。中身は小判千枚で、それでここでの一切の費用を賄ってくれと言ったのだ。

むろん、千両の出所などを明かす小次郎ではなかった。

あまりのことに小夏は度肝を抜かれたが、やはり小次郎は涼しい顔をしていた。

そういう経緯があって、この主従はどこか腹の底で反目の火が消えないでいた。

反目というほどではないにしろ、彼らは小夏ほど小次郎のことを理解してはいなかった。

そこへ今回の大事件が持ち上がり、底に眠っていたものが起きてきたのだ。

「もう千両はないわよ。残りは九百九十一両かな」

「半年で十両近くも使ったんですか」

松助が目を剝く。

「いいじゃない、牙様の自分のおあしなんだから。誰にも迷惑かけてるわけじゃなし。あたしたちがとやかく言う筋合いのものじゃないわ」

そうは言っても、小夏も小次郎は途方もなく金離れのいい人だと思っている。金銭に頓着《とんじゃく》も執着もせず、必要なだけ気分よく使う。

そういう暮らしぶりを見ても、安物の身分の人ではないと小夏は確信していた。

話し合いは交わらぬまま、松助と広吉は引き上げて行った。

小夏は床に入る気にもなれず、部屋の隅へ行って徳利の酒を湯呑みに注ぎ、一気に飲んだ。

槍屋の娘でいた頃は酒の味を知らなかったが、石田の家へ嫁いでから亭主に教わったものだ。祖母が酒好きだったから、その血を引いたものと思える。

酒で少し気が弛み、空きっ腹にほんわか効いてきた。そういえば昼からこっち、小次郎の大事件が起きて以来、まったく食欲をなくしていた。

酔いを感じると、また小次郎のことが気掛かりになってきて、それでなんの考えもないまま、居室を出て離れへ向かった。

小次郎の部屋へ行ってみると、男の黒い影がこっちに背を向け、ごそごそと何かをやっていた。

十四

「ちょいと、誰なのさ。盗っ人だったら承知しないよ」

酒の勢いも手伝って、小夏が腕まくりして気丈に言った。

舌打ちしながらふり向いたその男は、三郎三である。

「紺屋町の親分、いったい何してるのさ、こんな所で」

小夏は部屋へ入ると、行燈に灯を入れながらなじるようにして言った。

三郎三は深い溜息を吐き、小夏の方に向かってどっかと座り直すと、

「旦那が陥れられた手掛かりみてえなものが何かねえかと、探ってたんだよ」

小夏が辺りに目を走らせ、声を落として、

「旦那は今、どこにいるの。おまえさん匿《かくま》ってるんだろう。あたしにだけ教えとくれよ、後生だからさ」

「知らねえんだよ、それが」

「じゃ旦那はどうやって奉行所から逃げ出したの。町中の評判になってるのよ。おまえさんが知らないわけないじゃない」

　三郎三が急に小声になって、

「逃げ出すについちゃ、ここだけの話だが、確かにおいらと田ノ内の旦那とで手助けしやした。ところが牙の旦那は、下手人は自分の手で突きとめると、風をくらってどっかへ行っちまったんだ」

「牙の旦那には心当たりがあるのかしら」

「どうなのかなあ、はっきりしたことは何も打ち明けてくれねえんだよ。まったく、水臭えぜ」

　三郎三が嘆く。

　小夏がはらはらと気を揉んで、

「あたし、心配でならないのよ。だって旦那はまだ江戸に不案内だろう。迷子になったらどうするのさ」

「がきじゃあるめえし、迷子になんかなるものか。それに勘のいい人だからよ、近頃じゃあれで結構江戸の町を知ってるんだぜ」

小夏が三郎三の腕に無意識で手を掛けて、

「ねっ、ねっ」

「なんだよ、気安く触るなよ」

小夏の手の温かな感触に、三郎三はどきどきしている。

「下谷広小路でならず者が二人、辻斬りにされた事件があったわね」

「ああ、雷門の権次に助三だ。ゆすりたかりのどうしようもねえ奴らだった」

「その一件に牙の旦那は出くわしたのね」

「そうだ。旦那は単なる辻斬りだと言ってたけど、おれぁ奴らを怨んでる者の仕業じゃねえかと思って、調べようとしてたんだ。その矢先に牙の旦那に災いがふりかかって、それどこじゃなくなったのさ。それがどうかしたかい」

小夏が推理する目になって、

「あたし、その件と今度のことが、なんだか遠くでつながってるような気がするの」

「遠くで……」

小夏が真顔を据えて、

「いいですか、親分。そもそもこれは足袋股引問屋の丹金屋の倅がかどわかされたことに始まって、日傭取りの亭主が下手人てことになった……」

「うん、まぁ、その通りだ」

四人の子供たちのために、お北だけが放免されたことは秘密になっているから、三郎三は曖昧に相槌《あいづち》を打つ。

「その辺からよね、神の手教の名前が出てきたのは」

「そうだ、日傭取りの佐々吉が神の手教の信徒だったのさ。かどわかしはそこに金を貢ぎたくてやったことなんだ。会ったことはねえが、教祖は桜子姫ってえ奴よ」

「なんでお姫様なの」

「知るかよ」

小夏は何がお姫様よと言って、鼻でふんと嗤い、

「その後、牙の旦那の口から神の手教の名前は出た？」

「いや、あれ以来ぷっつりだ。何を言いてえんだよ、女将は。遠廻しはよしにしてくれ」

三郎三がじりつく。

「旦那の動きを追ってるのよ」

「旦那の動き？」

「あたしの推量だけど、旦那はたぶん神の手教を調べていた。その先でならず者殺しにぶつかったんじゃないかしら」

「するってえと、権次と助三を手に掛けたのは神の手教なのか」

「だってその二人はゆすりたかりだったんでしょ、神の手教の弱みを握ってたということも考えられるわ」

「あ、なーる」

「あたしたちには言わないけど、旦那は神の手教に何かしたか、あるいはしようとしたのよ。それで虎の尾を踏んだのかも知れない」

「それじゃ女将、これは神の手教の陰謀なのか」

「そう考えると、いろんなものがなんとなくつながらないかしら」

「………」

三郎三はぼんやり考えている。

「ねっ、しっかりしてよ、親分」

小夏がまた揺さぶった。

「旦那が神の手教の、虎の尾を踏んだ……けどこいつぁ、とてつもねえ話だな」

「あたしたち二人で、神の手教を調べてみない？」

「おいらと女将の二人で調べるのか」

「そうよ。そうしてるうちに、どっかで旦那と会えるような気がするの」

「女将、神の手教の陰謀を暴きてえのか、旦那に会いてえのか、どっちなんだよ」

「両方よ」

十五

仙台堀《せんだいぼり》の闇を走っていた。

いや、正確には闇ではなく、後方から無数の提灯が追跡していた。

やみくもに夜の町を彷徨《さまよ》ううち、海辺橋《うみべばし》の辺りで咎められ、小次郎は捕方の一団に追われていた。

仙台堀を東へ下り、亀久橋《かめひさ》で空の大八車を動かし、道を塞いでまた走った。夜目に大八車が見えず、それに追手の群れがなだれをうってぶつかり、将棋倒しになる。

堀沿いに右へ折れ、深川大和町《やまとちょう》を河岸沿いにひた走った。

町は廃墟のように暗く沈み込み、辻行燈の灯さえない。さらに好都合なことは、月が細って無月となったことだ。

材木の立ち並ぶ陰に隠れ、息を詰めるようにして捕方の動静を窺った。

追手の足音は聞こえてこない。

何者が、なんのために小次郎を陥れようとしているのか、未だに判然としなかった。事が不明のまま、逃亡をつづけているおのれが愚かしく感じられた。空しかった。心が疲弊《ひへい》もしていた。

どうやら追手は撒《ま》いたようだが、その先がなかった。これからどこへ行ったらいいのか、見当もつかなかった。

そうして材木の陰から出たところで、異様な殺気を感じた。

「………」

鋭く見廻した。

その刹那、何かが風を切って突き出され、左腿の外側に火のような痛みが走った。

小次郎を刺した手槍がすばやく引き抜かれる。

不覚だった。

どくどくと出血が始まった。

浪人が二人、暗がりから現れた。

二人とも巨体で、血に飢えた獣のような目をしていた。それは幾々度か、修羅を重ねてきた男たちの目だった。

一人が容赦なく刀を閃かせ、一人は凶暴に手槍をくり出す。

痛みに耐えながら、小次郎は応戦した。

三つの刃が漆黒の闇に交錯し、しばし暗闘がつづいた。

刃風、刃音が夜空に響いた。

やがて――。

小次郎の剣が手槍を柄から切り落とし、間髪を容れず、剣尖《けんさき》が相手の喉を突き通した。

喉を裂かれた浪人が口から大量の血を吐き出し、地響きを立てて前屈みに倒れ伏した。

残る一人が怯んだ隙を衝いて小次郎が突進し、その剣が相手の剣をはねのけて腹を刺突した。白刃は背から突き抜けた。

浪人がどーっと後ろ向きに倒れ、そのまま動かなくなった。

小次郎の片足は真っ赤な血汐《ちしお》に染まっている。

血刀を鞘に納め、蹌踉とした足取りでその場を離れた。

永居橋《ながいばし》の方へ向かって歩きながら、途中でよろめき倒れた。

刀を杖に起き上がろうとし、そこで力尽きた。河岸を転がり落ちて行き、烈しい水音を立てて堀へ落下した。水の冷たさに一瞬歯噛みをしたが、後は何も感じなくなった。流れは急で、おぼろげに海へ運ばれているのがわかった。しかしあがくことさえままならず、しだいに意識が遠のき、そのまま死を迎えるような気がした。

それはどうしたわけか、恍惚《こうこつ》感をともなってでもいるような、不思議な感覚だった。

十六

うっすらとした視界に、めらめらと炎の燃えているのが映った。

炎は囲炉裏《いろり》の火だった。

その炎が赤から青になった時、ようやく知覚がよみがえってきた。本能的に身を起こそうとし、片足の痛みに思わず呻いた。

すっと伸びた女の手が、小次郎の額に手を当てた。熱を計っているようだ。

間近に女の顔があった。

色の浅黒い野性的な女だった。歳は三十前後か。長い黒髪を束ね、ひっつめにしている。目が吊り上がり気味で猫を思わせ、唇は肉感的だった。

「お武家さん、運の強い人だね。神様に護られてるみたいだ」

それが地なのか、女の声はかすれていた。

「助けてくれたのか」

「そうだよ」

「ここはどこだ」

「洲崎《すざき》」

「知らんな」

「深川の外れの外れ、木場《きば》よりももっと先にあって、芒《すすき》の穂だらけ、草ぼうぼうの所。人なんかほとんど住んでないのさ」

「この家はどういう家なのだ」

言いながら、寝たままで小次郎が家のなかを見廻した。

掘っ建て小屋のような家で、すきま風が冷たく吹き込んでいる。土間には銛《もり》、網、笊などの漁の道具が積んであった。

「うちの人が漁師でね、あたしは八年前からここに住んでるんだ」

女の言葉遣いはぞんざいだが、その声色にはどこか温かみがあった。

小次郎の視線が、土間の壁にかけられた自分の小袖と帯を捉えた。濡れたそれらが干してある。

丹前でぐるぐる巻きにされ、囲炉裏の前に寝かされ、躰は温まってはいたが裸にされていた。疵を負った腿は晒しできつく縛られている。

そしてはっとなって首を廻すと、刀は横に置いてあった。

「お武家さん、本当に運が強いよ」

女がまた言った。

「お武家さんたら、気を失ってるのにお堀の杭に必死でつかまってたんだ。そこへあたしが通りかからなかったら、持ちこたえられずに海に流されていたよ。そうなっちまうとうちの人とおんなじで、海の藻屑《もくず》になるとこだったね」

「おまえは後家なのか」

「うん、亭主は去年の嵐で持ってかれた。神様は助けちゃくれなかった」

「うっ」

疵の痛みに小次郎が呻いた。

「大丈夫だよ。疵口には毒消しが塗ってあるし、もう血は止まっている。刃物で突かれたんだね」

「そうだ」

「喧嘩でもしたのかい」

小次郎がうす笑いで、それには答えず、

「おれを助ける時、怪しい人影は見かけなかったか」

女は乾いた笑い声を上げ、

「ここは洲崎なんだよ、土地の人以外に人っ子一人いるものかね」

「そうか」

「さっきは熱があったんだよ。おまけにひどく震えて、お武家さんは苦しそうにずっと呻いてたんだ」

「憶えがないな」

そこで女は忍びやかに笑い、

「わかってたよ。だからあたしも裸になって、お武家さんのこと、温めて上げてたのさ」

「………」

「勘違いしないどくれよ。あたしがいくら後家だからって、気を失ってる男にそんなことしやしないからね」

「すまぬ、恩に着る」

「でも不思議だね、こうして見るとお武家さんは只のお人じゃないみたいだ」

「どうしてそう思うのだ」

「ふつうは着ているもので、その人の身分や立場がわかるだろう。けど裸だとなんの手掛かりもないじゃないか。今は顔だけだから、余計にその人の本当の姿が見えるのかも知れない」

「おれの本当の姿か……」

「ご身分のある人なのかい」

「そう思うのか」

「だってそう見えるもの」

「おれは世捨て人だ、そう思ってくれ」

「うふふ、とても思えないね」

その時、隣室の板戸がそっと開き、四、五歳の女の子が寝惚け顔を覗かせた。

女の子は小次郎の方を怕いものでも見るようにしながら、

「おっ母さん、寝ないの」

と言った。

「すぐ行くから、婆ちゃんと寝ていな」

女の子はこくっとうなずき、戸を閉めて寝床へ戻った。

「おまえの娘か」

「うん、亭主のおっ母さんも一緒だよ」

朝が早いからと女は言い、隣室に行きかけて、

「隣りの部屋に寝てるから、何かあったら呼んでおくれ」

小次郎が無言でうなずく。

それから女はくすっと意味のない笑みを浮かべると、言い忘れたけどあたしの名は豊《とよ》だよと言った。

やがてお豊は行燈を消し、隣室へ去った。

小次郎はつかの間のやすらぎを得たような思いがし、闇のなかで静かに目を閉じた。

危機に瀕《ひん》し、漁師の女に助けられたことはまさに九死に一生を得たと言うべきかも知れなかった。

しかし――。

小次郎の獣のような勘は、どこかでやすらぐことを拒んでいた。浪人二人の刺客は何者が放ったのか。その何者かは、どこからか小次郎の動きを見張りつづけている。敵の尽きることのない執念を感じた。どこにいても油断はできない。

これは見えない敵との闘いなのだ。

囲炉裏の火が燃え尽きる頃、混沌としたなかに睡魔が襲ってきた。

十七

お浦《うら》は六十になり、ふだんは雷門の前で山雀《やまがら》使いをやっているのだが、この半月ばかりは仕事をしないで遊び暮らしていた。

山雀使いというのは、飼い馴らした山雀に芸を仕込み、大道でその山雀におみくじを引かせるのである。

売るのがおみくじだから幾らにもならないが、毎日雷門の前に立っていれば、それでなんとなく女一人の生計《たつき》は細々と立てられる。

しかし、元々働き者ではないお浦は、ほかからちょっと余分な実入りがあったりすると、すぐに仕事を休んでしまう。

若い頃は歓楽街に生きて春を売っていたので、どこかに自堕落《じだらく》な性分が沁みついていて、ふだんでも遊ぶことばかり考えている。

それに今は亭主にも死に別れ、子供もいないから気楽なものである。

その日も鳥籠の山雀に餌だけやって、晴ればれとした気分で浅草駒形《こまがた》の長屋を出た。

冬なのに春風のような暖かな風が吹いていて、心地よかった。

白髪をひっつめにし、小ざっぱりとした木綿の着物姿で、お浦は決してみすぼらしくはない。着物は柳原土手まで出かけて行き、古着屋で見つけた気に入ったものだった。

そうして行きつけの、町内の蕎麦屋の二階へ上がった。

もり蕎麦と酒を一本頼むと、顔馴染みの亭主に昼から酒なのかいと呆れ顔で言われた。

「おきやがれ。朝だろうが昼だろうがあたしの勝手じゃないか。何言ってやがるんだい、このとんちきめ」

そう言って憎まれ口で一蹴しておき、涼しい顔で窓から外を眺めた。

その時、男女の客が二階へ上がって来て、衝立《ついたて》で仕切ったお浦の隣りの席に着いた。

それは三郎三と小夏で、小女に蕎麦切りを頼んでおき、三郎三はそっとお浦のことを覗き見た。

酒が先に運ばれてきて、お浦はそれにうっとりとした表情で口をつける。生来の酒好きなのだ。

「婆さん、結構な身分だな」

三郎三が言って顔を突き出し、ちらりと十手を見せた。

「うっ」

お浦は思わず酒にむせそうになった。

岡っ引きというものが、怕くて大嫌いなのだ。

東両国《ひがしりようごく》の私娼窟にいた頃、土地の親分にどれだけいじめられたことか。その親分は鞍替えするごとに顔を見せ、お浦のなけなしの銭を持って行った。それで否やを言うと牢屋へ入れられた。だから岡っ引きというものに対して、怨み骨髄なのだ。

「ど、どこの親分さんですか」

酒の味などしなくなって、お浦が問うた。

「おれぁ神田紺屋町の三郎三というもんだ。おめえに御用の筋ってわけじゃねえから、安心しな」

「……」

小夏が立って来て、お浦の横に座り、

「おまえさん、雷門の権次って男、知ってるでしょ」

「権次なら辻斬りに遭っておっ死《ち》んだよ。ざまあみろさ」

「そんな嫌な奴だったんですか」

さらに小夏だ。

「ああ、雷門じゃ鼻つまみだった。あたしみたいな文なしからも、しょば代を取り上げていたよ」

三郎三がにやつきながら、

「けど妙な話を聞いたぜ。半月ほど前、おめえはそのでえ嫌えな権次と仲良くしてたそうじゃねえか」

「そ、それは……」

お浦の目に狼狽が走る。

それを見逃さず、三郎三が畳み込んだ。

「なんかいい話でも持ち込まれたのかい。屋台のおでん屋の親父は、おめえが権次から大枚の金をせしめてるのを見たと言ってるんだがな」

「…………」

「権次はもうこの世にゃいねえんだし、おめえがやったことをとやかく言うつもりは毛頭ねえ。だから権次との間に何があったのか、白状しな」

「…………」

お浦は怯えて口を噤んでいる。

「ちょいと、言いたかないですけど、隠し立てするとろくなことないですよ」

小夏が精一杯のきつい表情で、お浦の気持ちに揺さぶりをかける。

「本当に、お咎めなしにしてくれるのかい」

お浦が三郎三へ懇願《こんがん》の目を向けた。

「おう、約束するぜ。おめえにゃ何もしねえよ」

三郎三が請負うと、お浦は安堵したのか、

「実はあたし、ある所から頼まれてさくらをやったんだ」

「なんのさくらだ」

三郎三が問うた。

「あたしがね、足腰の立たない病人になりすましまして、どうかこの不自由な躰を治して下さいましと、大勢の人の前で教祖様に頼むんだよ。そうすると教祖様があたしの躰に手を当てて、霊験あらたかなその甲斐あって、あたしの躰がしゃんと治るってえからくりさ」

三郎三と小夏がはっとなって見交わし、

「その教祖様ってな、どこの誰のことだ」

三郎三が聞いた。

「下谷長者町にある神の手教だよ。教祖様は桜子姫というんだ。ご大層な別嬪《べっぴん》だったけど、裏でさくらを使ってたんじゃ騙《かた》りもいいとこさ」

「それで結構な裏金を貰ったのね」

これは小夏だ。

「そうだよ。三月《みつき》は楽に暮らせるおあしさ。ところがそのことを権次がどっかから嗅ぎつけてきやがって、急にあたしに親切にし始めて探りを入れてきたのさ。神の手教から固く口止めされてたから、さくらのことを言うつもりはなかったんだけど、今度は権次の奴があたしの目の前に大枚を積んだんだよ」

「喋ったんだな、おめえ」

三郎三が言った。

「うん、だって楽な暮らしがしたいからね」

「その後、神の手教の方から何か言ってきましたか」

小夏が聞いた。

「何も。だってあのさくらは一回こっきりさね。信徒さんたちにこの顔を覚えられてるんだから」

「おめえな、楽な暮らしもいいが、あんまり危ねえ橋を渡るんじゃねえぞ。おかしなことになったたって知らねえからな」

三郎三が言って、小夏をうながした。

蕎麦屋には、小夏が三人分の銭を払った。

「親分、あたしの眼力、凄いでしょ」

表へ出てから、小夏が得意げに言った。

「ああ、てえしたもんだ。これで権次と神の手教がつながったものな」

三郎三が小夏を認める。

「二人のならず者は辻斬りなんかにやられたんじゃない、神の手教をゆすって寿命を縮めたんだわ」

「待てよ、そうなるってえと……」

「どうしたの」

「牙の旦那ともあろう御方が、この件は辻斬りだと言い張ってたんだ。今考えると
あれはいかにも嘘臭え。おれを神の手教に近づかせねえために、ああいうことを言
ったような気がしてきたぜ」

「それは当たりかも知れない。きっと親分を危ない目に遭わせたくなかったのよ」

「そいつぁ有難えが、今は旦那の方が危ねえんじゃねえか」

「そうはさせないわ」

「どうするんだ」

「どうしよう」

三郎三がきらっと目を光らせて、

「女将、ひとつ火の中にとび込んでみちゃくれねえかな」

「火のなかだって？」

小夏の顔に不安が浮かんだ。

十八

小次郎が目覚めた時、お豊は漁に出たらしく不在で、お豊の亭主の母親というのが小次郎の世話をした。

母親は兼《かね》と名乗り、朝粥を作って出すと、ろくに口を利かずに姿を消した。

何やらおどおどとしてお兼は暗く、小次郎に怖れを抱いているようだ。町人が武家に対してのそういう臆病《おくびょう》な姿は、格別珍しいことではないので、小次郎はさして気に留めなかった。

昨夜のお豊の介抱のお蔭で、疵は大分よくなったが、まだ痛みは去らず、歩行は困難と思えた。

それで試しに家の表へ出てみた。

冷たい海風が、もろに小次郎の躰に吹きつけた。

そこは見渡す限りの萱地《かやち》で、茫漠たる原野が広がっていた。白茅《ちがや》、菅《すげ》、芒の穂が背高く生い茂り、そしてその向こうは海原である。

かつてここには洲崎の弁財天《べんざいてん》があって名高かったが、二十年以上も前に大嵐が襲って流され、わずかな家数の住人たちが行方不明となった。大波はさらに行徳《ぎょうとく》から船橋《ふなばし》にまで及んだという。

ゆえに今は住む人はもっと減って、初日の出を拝むために元旦に大勢人が集まるぐらいである。

お豊の家のほかに、やはり漁師らしき家が原の彼方に点在していた。

汐風に躰が冷えたので、小次郎が家へ戻ろうとすると、遠くからこっちを見ている女の子に気づいた。

それはお豊の娘なのだが、子供ながら小次郎に白い目を向け、さっといなくなった。

家へ戻るとお兼も子供の姿もなく、小次郎は所在なく囲炉裏の火に手をかざした。

その時、家の裏手でひそやかな人声がするので、聞くとはなしに耳を傾けた。

お豊が帰って来たらしく、子供と言葉を交わしている。低くて聞き取れないが、子供の声だけ耳に入ってきた。

「おばさん、いつまでここにいなくちゃいけないの」

小次郎の目がすっと開いた。

「あたし、もう帰りたい」

子供が言うのへ、お豊がとりなすように何か言っている。

(おばさん……)

小次郎の面上に懐疑が浮かんだ。その表情が厳しく引き締まった。

そこへお豊が表戸を開けて入って来た。

「おや、すっかりよくなったみたいだね」

お豊は屈託のない様子で言い、土間から上がって小次郎の前に座り、囲炉裏に薪をくべながら、

「晒しを替えるから、足をお出しな」

「……」

小次郎は黙って言う通りにし、着物の裾をまくって片足だけ晒した。今着ている着物はお豊の亭主の遺品とかで、厚手の木綿地の着流しである。

お豊は小次郎の前に屈んで昨夜の晒し木綿を取り外し、疵口を見て手早く毒消しを塗りつけ、真新しい晒しを巻きつけていく。

すぐ間近で、小次郎はお豊をじっと見ている。

「おまえは何を目論んでいる」

「……」

お豊の動きがひたっと止まったが、こっちを見ようとはせず、顔は伏せたままで、

「何を言ってるんだね、この人は」

かすれ声で言った。

だがその声は心なしか、震えている。

「あの子はおまえの子ではない。それに年寄の方も赤の他人であろう。子供がおばさんと言っていたのが聞こえたぞ」

「…………」

「弁明したらどうだ。おまえの真意を知りたい」

「…………」

「助けて貰ったことには感謝をしているが、偽りの家族を装い、このおれに何をしようとしているのだ」

「…………」

「誰の差し金だ」

語気を強くして、小次郎が言った。

お豊は冷や汗でも流しているのか、うつむいて額を拭い、それでも押し黙っている。

「言わぬのなら、躰に聞くぞ」

小次郎がお豊の胸ぐらを取り、ぐいっと引き寄せた。

それになんの抵抗もせず、お豊は小次郎の胸に倒れ込む。そして喘ぐようにして小次郎を見つめ、首に両手を絡ませ、いきなり唇に唇を重ねた。その豊満な乳房が小次郎の躰に押しつけられる。

そのお豊を、小次郎が荒々しい仕草で突き放した。

後ろ向きに倒れ、お豊が烈しい目で小次郎を睨んだ。

「こうしておれに身を投げ出すのも、謀《はかりごと》のひとつなのか」

「そんなんじゃないよ。お武家さんが好きだからそうしたまでさ。あたしのことが嫌いかえ」

ばしっ。

お豊の頰が張られた。

はっと片頰を押さえるお豊に、さらに小次郎が打擲を加えた。

「乱暴はよしとくれ」

「白状するまでおまえを打つ」

小次郎がお豊を引き据え、また拳をふり上げた。

隣室からお兼と子供がとび込んで来た。

「やめて下せえ、その人に罪はねえんです」

お兼が訴える。

「おまえたち三人は、どういう寄り集まりなのだ」

「お武家さんの仰せの通り、あたしらは他人同士です。あたしの家は冬木町《ふゆきちよう》で、この子は蛤町《はまぐりちよう》の長屋の子です」

お兼が打ち明けるのへ、お豊が必死で、

「言っちゃ駄目だ、叱られるよ、お兼さん」

「誰に叱られるというのだ」

小次郎は冷静だ。

だが、お豊とお兼はそれきり口を噤んだ。

すると女の子が膝を進めて、

「神の手教よ、教祖様よ」

告白した。

小次郎の目に青い光が走った。

「神の手教……そうか、そういうことだったのか」

越前屋与四郎を斬り殺し、その後石田の家の離れから蒔絵盃を盗み出して小次郎に罪を着せた。そして彼が奉行所から逃亡するや、浪人の刺客や信徒を動員させて命をつけ狙った。それらの所業のすべてが、神の手教の仕業だったのだ。

小次郎は険しい目でお豊を見据えると、

「すべては桜子の謀略なのだな」

「……」

小次郎の視線に耐えきれず、お豊ががくっと姿勢を崩して、

「その通りですよ」

言葉も態度も改めると、

「あたしたちはみんな、神の手教の信徒なんです。あたしの所は死んだ亭主が先に入信しまして、あたしもその後につづきました。お兼さんは伜さんが熱心な信徒で、つられて入ったんです。この子はお町《まち》といって、ふた親とも神の手教です」

「桜子からおまえたちに、どのような命が下ったのだ」

「神の手教を滅ぼそうとする悪い浪人がいて、それを一丸となってやっつけなくちゃいけない。そういうことで、あたしたちがお武家さんを罠にかけたんです。年寄と子供を置いたのは、お武家さんを油断させるためです」

お兼が次いで、

「罠は二段構えになってまして、ご浪人の二人がおまえ様を襲い、そこで仕留められなかったら、あたしたちの出番てことになってたんですよ」

お豊が申し訳ないように顔をうつむかせ、

「それでゆんべ、仙台堀でずっと見張ってましたら、お武家さんとご浪人たちが斬り合いとなって、あたしははらはらしながら見てました。そのうちご浪人たちが斬られて、お武家さんも怪我を負って堀へ落ちました。お武家さんがそうなったのは予想のほかだったんで、あたしは迷いましたが、助けなくちゃいけないと」

「あんたはその時、教祖様を裏切ったことになるんだよ」

お兼がなじる。

「でもお兼さん、溺《おぼ》れそうになってる人を目の前にして見殺しにしろってのかい。隙があったら一服盛れとも言われたけど、あたしにゃそんなことできない。あんた、できるかい」

「できるわきゃないよ。でもあんたがお武家さんをここへ連れて来て、介抱してるのを見て、神の手教の人たちがいつ来るかと気が気でなかったよ」

「神の手教には、今さっき下谷へ知らせに行って来たんだ」

お豊が小次郎へ真顔を向け、

「お武家さん、すぐに逃げて下さいな。神の手教の人たちがもうじきここへ来ますよ」

「そうだ、逃げて下さいまし」

お兼も口添えする。

小次郎は泰然としていて、皮肉な笑みを湛え、

「熱心な信徒のはずのおまえたちが、どうしておれを逃がすのだ」

「それは……」

お豊はお兼と困惑顔で見交わし合い、

「お武家さんが、教祖様の言うような悪い人に思えないからですよ」

お兼もお豊に同意で、

「あたしもそう思います。きっと教祖様は思い違いをしてるんです」

「お武家さん、逃げて」

お町まで賛同した。

「わかった。おまえたちの親切には礼を言おう」

小次郎が立って刀を腰に落とし、

「亭主の着物は貰い受ける。おれの着物は好きにしてくれ」

そう言って土間へ下り、表へ出た。

するとお豊が追って来て、

「お武家さん」

小次郎が黙ってふり返る。

「あたし……お武家さんをたばかって、本当に悪いと思ってます。堪忍して下さいな」

「……」

小次郎は何も言わぬまま、少し片足を引きずるようにしながら立ち去った。

じっと見送るお豊の耳に、遠い海鳴りが聞こえていた。

「どうか、ご無事で……」

お豊が声に出してつぶやき、手を合わせて祈った。

十九

下谷長者町の神の手教を、小夏は恐る恐る訪れた。

その屋敷の豪壮さにまず圧倒され、二の足を踏みそうになったが、勇を鼓《こ》して玄関先に立った。

三郎三が言う火のなかへとび込んでくれというのは、神の手教に入り込み、なかの様子を探って欲しいというものだった。それであたしには怕くてとてもできないと小夏が言うと、牙の旦那のためだと説得され、それを言われると断れなくなった。

小次郎のためなら、水火も辞せずと覚悟を決めたのだ。

屋敷の奥の方からは、大勢が声を揃えて読経でもしているような声が聞こえている。

「もし」

声をかけると、中間風の身装の猪之吉が現れた。

それがいかつい顔つきの中年なので、小夏は少し怯みながら、

「あのう、実はそのう、こちらに入信したいんですけど」

するととたんに猪之吉は相好を崩して、どうぞこちらへと言って小夏をうながし、式台の横手の小部屋へ通した。

そして猪之吉が去ると、入れ違いに着流しに袴をつけた櫛田民部が入って来て、小夏の前に座った。

「まず所と名を聞こう」

「神田須田町、鰹節《かつおぶし》問屋伊勢屋の内儀でよしと申します」

実在の屋号と内儀の名を拝借した。その内儀とは、日頃から親しい間柄だ。

「何か悩みを抱えておるのか」

「はい、家のなかのごたごたで頭を痛めております」

「それはいかんな。どのようなごたごたなのだ」

「亭主が辰巳《たつみ》の芸者に入れ揚げちまって家に帰って来なくなったんです。帳場の金も持ち出すようになって、店の者たちにも示しがつきません。どうしたものかと思案にくれてるとこへ、親しい人から神の手教のことを聞いたんです。それで、藁《わら》にも縋る思いで来てみました」

道々考えてきた作り話を、もっともらしく言った。言い終わった時は冷や汗が出た。

櫛田は疑ってはいないようだ。

「それで、あのう、入信させて貰えますか。ここに入ると救われると聞いたんですけど」

櫛田が得たりとした顔をうなずかせ、

「広く衆生を救うのが、わが教祖様のお役目だ。かならず道が開けようぞ」

「助かります」

「お布施は持参致したか」

「はい」

小夏が帯に挟んだ財布を取り出し、そこから二分銀を払った。

櫛田は満足げにそれを受け取り、

「頃合いよろしく、これより教祖様の説法が始まるところだ。ついて参れ」

櫛田が小夏を連れて行ったのは、奥の院の大広間であった。

そこに五十人ほどの町人の男女が、きちんと正座をして畏まっていた。

貧富の差なく居並んだ彼らが、入って来た小夏を見て、一斉に辞儀をする。

小夏も頭を下げ、櫛田の指図で末席に連なった。

やがて羽織、袴姿の北大路大炊が現れ、厳粛な面持ちで一同を見廻すと、

「これより桜子姫様がお出《い》でめさるる。皆の者に説法を施すゆえ、有難く耳を傾けるがよいぞ」

そう言って、御簾の右手に着座した。

一同が叩頭したので、ぽかんとしていた小夏も慌ててそれに倣った。

桜子がどんなものなのか、これから直に見られると思うと、小夏は少なからず緊張した。

これまでのところはいかにもそれらしく、うさん臭さはないが、偽病人のさくらを使うような裏を知っているから、小夏としてはすべてに疑いの目を向けたくなってしまう。

そういう目で見れば、仕切り役の二人の武士、中間風の男、共にきな臭いではないか。

やがて御簾の向こう、上段の間に桜子が姿を現した。

全員が恐れ入った様子でひれ伏し、小夏もそうしながら御簾の彼方に目を凝らした。

豪華な衣装とおすべらかしの髪形は見えたものの、桜子の顔はよくわからない。

「よい、許す。面を上げい」

桜子が声をかけた。

それが澄み切った乙女のようなきれいな声だったので、もっとおどろおどろしい女を想像していた小夏は面食らった。

（あらあ、意外や意外なのねえ）

内心で驚いた。

御簾越しに、桜子の声が流れ始めた。

「梓弓《あずさゆみ》手に取り持ちて丈夫《ますらお》の、得物矢《さつや》手挿《たばさ》み立ち向かう……」

小夏にはちんぷんかんぷんだ。

（な、なんなのよ、これって……）

そっと見廻すが、信徒たちは有難い表情で聞き入っている。

桜子の声がつづく。

「高円山《たかまとやま》に春野焼く。野火と見るまで、燎《も》ゆる火を、いかにと問えば玉鉾《たまほこ》の、道来る人の泣く泪。小雨に降れば、白細《しろたえ》の衣《ころも》湿《ひづ》ちて立ち留まり、吾《われ》に語らく。何しかも、もとなとぶらう。聞けば、哭《ね》のみし泣かゆ。語れば心ぞ痛き。天皇《すめろき》の神の御子《みこ》の、御駕《いでまし》の、手火《たひ》の光ぞ幾許《ここだ》照りたる……」

その詞を、桜子は謡うように吟ずる。

それは万葉集巻二の二百三十で、霊亀《れいき》二年（七一六）に没した志貴皇子《しきのみこ》のための挽歌なのだが、そこに集まった衆生は小夏も含めて、誰一人知る由もない。

ただ、桜子の美しい声で語られるそれが、あたかも天から聞こえてくる神の声のように錯覚させ、それにまず幻惑されるのである。

詞の後に、桜子の説法がつづく。

「ものみな、生あるものにはすべからく死がある。死というものを思う時、死後の住処《すみか》というものを考えねばならぬ。やがて旅立つ黄泉《よみ》の国にて、どのようにして安楽に暮らせるか、それに備えるのじゃ」

「そ、それにはどうしたらよろしゅうございましょうか、何とぞ道筋をつけて下さいませ」

信徒のなかから、躰の不自由そうな老人が膝を進め、御簾へ向かって拝むようにして言上した。身装の貧しい行商風だ。

「まずは日頃の心がけが第一であろう。それに神のおん前へ召される時、身体は満足でのうてはいかぬ」

桜子が答えて、

「そなたはどこぞが悪いのか」

「はい、片方の足が言うことを聞きません。子供の頃に荷車の下敷きになったのです。ここへ参るのも、それはもう艱難辛苦《かんなんしんく》でございました」

「神にあらせられては、それほどの不幸はないぞ」

「それはよくわかっておるのですが、こればかりは……あたくしのような者でも、ゆくゆく無事に昇天できますでしょうか」

「わらわは神の使いゆえ、これよりそなたの不具合を治して進ぜよう」

「ええっ、そんなことが叶いますので」

老人が大仰に驚いてみせる。

「いとた易きことじゃ」

桜子がすっと立つと、北大路が御簾を上げて道を作った。

そこから現れ出《い》でたる桜子を見て、一同が眩しいような目を向け、またひれ伏した。

その絶世の美女ぶりに、小夏さえも怖れに似た思いを抱き、平伏してしまった。

「そこに横になるがよい」

桜子が言葉をかけると、老人はひたすら恐縮して、

「そ、そんな恐れ多いことを……」

「構わぬ」

「うへえ」

老人は白髪頭を床にこすりつけ、やがておずおずとその場に仰臥《ぎょうが》し、身を硬くしながら横たわった。

「患うているのは、ここじゃな」

桜子が老人の片足の患部に、ぴたっと指先を当てた。

「ど、どうしておわかりに……」

「何も申すな。無念無想にしておれ」

「へい」

老人が言われた通りに、桜子に身を委ねて目を閉じた。

桜子が霊験あらたかなその手を、患部に当てること暫し――。

やがて厳《おごそ》かな面持ちで手を離し、

「これでよい。歩いてみよ」

老人が目を開け、狐につままれたような顔で辺りを見廻していたが、やがておっかなびっくりの様子で立ち上がった。

小夏と信徒たちが、固唾を呑むようにして見守っている。

一歩、二歩、三歩……。

老人が歩き出した。

そして大きな驚嘆の声を発し、

「ああっ、足が、足が動きました。もうなんともありません。まるで子供の頃に戻ったようでございます」

ざわめきが波のように湧き起こり、感動の声があちこちから漏れる。

老人は喜々とした表情になり、子供じみた様子で、大広間の端から端を元気に往来を始めた。

それでざわめきがさらなるどよめきに変わり、なかには感極まっておいおいと泣き出す者もいた。

これぞ神の手教の神髄なのである。

そして誰が指図をするわけでもないのに、片隅に置かれた三方にお布施の金が集まっていく。切餅もあればびた銭もあり、それが見る間に山積みとなった。

うまく仕組まれたやらせの儀式に、小夏は妙な感心をして茫然となっている。

(参ったわ、開いた口が塞がらない)

なのである。

裏門から出て来る老人を、北大路が送って出て、

「礼を申すぞ。おまえは実にうまくやってくれた」

「へえ、ちょいと芝居が臭かったかも知れやせんが、若え頃に役者をやってたもん

でつい力がへえっちまいやした」

　零細な行商風の顔はそこにはなく、老人はどこか卑しく、やくざっぽくさえある。

「うむ、あれでよいのだ。姫様《ひいさま》も大層お喜びであったぞ」

　老人に何枚かの小粒銀をつかませ、

「よいな、このことくれぐれも他言無用に致せ」

「へえ、そりゃもう、よくわかっておりやすとも」

　老人が金を押し頂いて立ち去ると、北大路も門内へ消えた。

　すると物陰から、三郎三と小夏がひょいと現れた。

　三郎三が呆れ顔で、

「お浦婆さんの言ってたことは、嘘じゃなかったんだな」

「さくらを雇って臭い芝居をさせて、どれだけ悪銭を稼ぐと思う。大した大騙《おおかた》りだわ。だんだん腹が立ってきた。信徒から集まったおあしは半端じゃなかったもの」

「けどこいつを暴くとなると、てえへんなことになるな。奉行所だって迂闊《うかつ》に手は出さねえだろう」

「その後、牙の旦那の消息は聞こえてこないの」

「役所としちゃ相変わらず探索の手は弛めてねえようなんだが、旦那はうめえこと逃げてるよ。天に昇ったか地に潜ったか、いってえどこ行っちまったのかなあ」

「あたしなんか、心配で夜も眠れないわよ」

「おれぁ酒を断ってるんだぜ。旦那の濡れ衣が晴れて、大手をふって町を歩けるまではと願をかけたんだ」

「いいとこあるじゃない」

「だっておめえ、おれぁ旦那の舎弟のつもりだからよ」

「旦那の方はそんなふうに思ってないでしょうけどね」

「へん、おきやがれ」

二人ともいつものやりとりは変わらないのだが、小次郎が不在ゆえにどこか気勢が上がらない。

二十

内神田の紺屋町一丁目は染物屋が多く、また刀鍛冶《かじ》の家や桶屋、指物屋《さしもの》なども軒を連ねて、昼の内はそれらの作業する音があちこちから聞こえ、大層賑やかである。

それに染物屋には女手が多く働いているから、より華やかでもある。

三郎三が住んでいるのは桶屋の仁吉《にきち》の家の別棟で、こぢんまりとした一軒家だ。内部は六畳、三畳の二間に、後は土間と台所があるだけで、長屋の造りとほとんど変わらない。

住んでまだ一年だが、独り者の彼としては気に入っていた。

出入りは裏木戸から勝手自由だし、夜中に出かけたり明け方帰って来たりしても、それは三郎三の仕事柄当然のことで、家主の仁吉は何もうるさいことは言わない。また時に店賃が滞ることがあっても、催促をされたこともなかった。

岡っ引きが別棟に住んでいるのだから、これほどの安心はないわけで、仁吉としては用心棒代りのつもりもあるようだ。

仁吉の所は老夫婦と一匹の三毛猫だけで、ひとり息子は桶職人として、紺屋町二丁目に一家を構えて立派にやっている。

三毛猫は元は宿なしで、慈悲深い仁吉夫婦が三年前から面倒を見ているという。

三郎三にも近頃ようやくなついて、三毛はしょっちゅう別棟にやって来る。

その日の夕方も、小夏と別れた三郎三が帰って来ると、家のなかで三毛の鳴く声が聞こえた。

「よっ、来てたのかい」

嬉しくなって家へ入り、行燈を灯して見廻すが、三毛の姿はどこにもない。

どうやら唐紙を閉め切った隣りの三畳間にいるようだ。

「どうやってへえったんだよ、おめえ。自分で唐紙を開けたってのか」

三畳間に窓はないのだ。

それでがらっと唐紙を開け、三郎三が仰天の声を上げた。

「うわあっ」

三毛を抱いた小次郎が、悠然とくつろいでいたのだ。三毛は抱かれてうっとりとしている。

「人なつっこい猫だな」

小次郎がなんでもないことのように言う。

三郎三は声をうわずらせて、

「い、いいえ、そんなはずは……そいつぁ人見知りがきつくって、あっしにも近頃やっとなついたくれえですから」

「ではおれは牝猫に好かれるのかな」

小次郎が悪戯っぽい笑みを見せた。

その笑顔に触れただけで、三郎三は思わず泣きっ面になって、

「旦那、よくぞご無事で」

「無事なものか。足を刺されて怪我を負ってしまった」

「そ、そいつぁいけねえ、すぐ医者を……」

言いかけてはっとなり、

「そうはいかねえんですよねえ」

「手当ては途中でしてきた、もう大事ない」

「ちょっ、ちょっと待って下せえ」

三郎三は忙しく動き廻り、火鉢の火を熾《おこ》し、表を窺って油障子を閉め切り、台所へ行って徳利と湯呑みを二つ持って来て、

「旦那、何はともあれ、まずは祝い酒とめえりやしょうぜ」

「うむ」

男二人は酒を酌み交わし、それからたがいの情報交換となった。

町方に追われて深川まで逃げたが、仙台堀で浪人二人の刺客に待ち伏せされ、辛くも斬り伏せたものの、不覚をとって腿を手槍で刺された。

それで堀へ落ちて気を失い、気がついたら洲崎の漁師の後家が助けてくれていた。

女には亭主の母親と幼い子がいたが、これが偽装の家族で、二段構えの罠で小次郎

を仕留めようとする謀略であった。

漁師の偽家族の正体は神の手教の信徒たちで、すべては桜子の差し金だった。だが信徒の三人も桜子の命には疑いを持っていたようだったから、小次郎が偽装を見破ると自分たちの謀であることを認め、逃がしてくれた。

そこまでを小次郎から聞くと、三郎三は憤然となって、実は小夏を使って神の手教を調べたことを打ち明けた。

桜子の神の手は真っ赤な嘘で、さくらを使って病人に見せかけ、信徒の前で奇跡を起こしていたのだと三郎三が言うと、小次郎はそのことはすでに察しがついていたので、驚きもせずに冷笑し、

「下谷広小路で斬られたならず者たちは、そのさくらの一人からからくりを聞き出し、神の手教をゆすりにかけたのだ。それで命取りになった」

三郎三が小次郎を睨んで、

「旦那はあの時、あっしには辻斬りの仕業だと」

「あの時はおまえを巻き込みたくなかったゆえ、そう言った。悪く思うな」

三郎三は小夏の言った通りだったと思いながら、

「それにしても、桜子の大騙りを世間に暴かねえことにゃ、この先、旦那の立つ瀬

はねえんですぜ」

「わかっている」

「だったらとっとと暴いてやりやしょうよ」

「うむ……その前にひとつ、気になることがある」

「なんでしょう」

三郎三が身を乗り出した。

「吟味方与力の片桐右膳だ」

「へっ……」

与力の名が出て、三郎三が緊張する。

「尋常であらば、おれのような浪人者の詮議は定廻りの同心がやるものだ。違うか」

「その通りです」

「それを片桐はおれを召し出すなり、直に調べた。そこがひっかかってならんのだ」

「そう言やぁ確かに……与力様が詮議に当たるってえことは、よほどの大事件でもねえ限りありえやせん。呉服店の倅殺しなんざ、田ノ内の旦那がやるこってす」

「片桐が詮議を始め、そこで話はこじれ、おれは奉行所から逃げ出す羽目になった。後は知っての通りの大騒ぎだ」

三郎三がすっと表情を引き締め、

「旦那はいってえ、何をお考えになってるんで」

「あの与力が臭いと思っている」

小次郎がずばり言った。

「するってえと、もしや桜子と通じてるんじゃねえかと？」

「ありえぬこととは言い切れまい」

「へえ」

うなずいたものの、だが三郎三は浮かない顔で、

「けど片桐様はお奉行様の覚えもよろしく、謹厳で通った御方でして。その人がまさか神の手教と通じ合ってるとは、とても思えねえんですが」

「何事にも裏があるのは世の常であろう」

「へえ、まあ」

「おれが桜子に引導を渡す前に、片桐のことを調べてくれぬか」

「承知しやした。こいつぁ田ノ内の旦那の方が話が早そうだ。事情を話して助っ人

して貰いやしょう」

「その結果が出るまで、おれはここにいる。構わんか」

三郎三が舌打ちして、

「旦那も水臭えなあ、怒りやすよ。あっしゃ命に懸けても旦那をお護りするつもりでいるんですぜ」

「すまん」

「まただよ、すまんだなんて言わねえで下せえよ。旦那は追われる身だから、きっと気が弱くなってるんですよ」

「すまんとは、この三毛に言ったつもりだ」

「けっ」

「それともうひとつ」

「幾つでも言って下せえ」

「石田の家に忍び込み、おれの着物を取って来てくれ。これではどうにも恰好がつかぬ」

お豊の家から着てきた木綿の着流しを見やり、情けない表情で言った。

それに三郎三がひいひい言って笑い、

「あっしも初めはびっくりしやしたよ。今着てるのはおよそ旦那に似つかわしくねえや」

どのお召し物にしやすかと三郎三が聞くので、小次郎は思案して、

「濃紫《こむらさき》に雪を散らせた小袖がある。それに帯は博多のうす鼠《ねず》だ」

「わかりやした、すぐ取ってきやしょう」

「あ、いや、待て。帯はもっと白い方がよいかな……」

小次郎が迷いだした。

三郎三は三毛を膝に抱き、気長に待つことにした。

二十一

天地も凍るような寒月の宵であった。

下谷池之端《いけのはた》仲町に「勝山《かつやま》」という名代の料理茶屋があり、そこの一室で、三人の武士がひそやかに寄り合っていた。

神の手教の北大路大炊、櫛田民部、そして二人に相対しているのは、南町奉行所吟味方与力の片桐右膳である。

「片桐殿、牙小次郎のその後の行方は、いかがでござるかな」

北大路が重圧をかけるような声で言うと、片桐はいかつい顔を苦々しく歪ませ、

「それが、なかなかに……初めは脆弱《ぜいじゃく》な男と見受けたが、思いのほかしぶとい。あるいはどこぞで行き倒れにでもなっておればよいのだが」

「そうは参りますまい。あ奴を仕留めねば、姫様のお怒りが鎮まらぬ。われら日々責められ、困っておるしだいじゃ」

北大路が言うのへ、櫛田も首肯して、

「われらとしても慙愧《ざんき》に堪えぬ思いなのでござる。召し捕りし後、ひそかに奴の身柄をお渡し願いたい。この手で成敗致さねば、姫に対して面目が立たぬのです」

「わかっている。今暫く待たれよ」

片桐はぐびりと盃を干すと、改めて二人を見やって、

「ところで、前にも聞いたことだが、お手前方はいずこの出でござるのかな」

北大路と櫛田は見交わし合うが、押し黙っている。

「いやいや、あえて詮索するつもりはないのだが、桜子殿とお手前方にはどこかこの江戸に馴染まぬものがある。都風《みやこふう》といおうか、御殿風なのか、一風変わっておられるな」

「ひた隠しにするつもりはござらんが、詳《つまび》らかなことはご容赦願いたい。われらは都から落ちてきたと、思われよ」

北大路が忸怩たる風情で言う。

「ほう、では都落ちということか」

「われらはともかく、姫様のご身分は明かせぬのだ」

北大路が話題を打ち切るかのように言い、袱紗《ふくさ》に包んだ幾つかの切餅を差し出して、

「姫様からでござる。今後とも、神の手教の後見をよろしくお願いしたい」

「委細承知じゃ。神の手教でどのようなことが起ころうと、わしが誰にも手出しはさせぬぞ」

北大路と櫛田が無言で頭を下げる。

片桐は切餅を納めると、

「では宴と参ろうかの」

「心得てござる」

北大路が大きく手を叩くと、遠くから「はあい」と女の声がし、廊下から芸者衆の来る華やいだ様子が伝わってきた。

その隣りの小部屋では、田ノ内と三郎三がこっそりと酒を飲んでいた。

「牙殿の推測は的中したようじゃな」

田ノ内が小声で言うと、三郎三は勇んで、

「早速旦那にご注進してきやすよ。これから宴会が始まるんなら、間に合いやすぜ」

「そうしてくれ」

「へい」

三郎三がすばやく出て行った。

田ノ内は残り酒を飲みながら、ふっと溜息を吐いて、

「まったく、あの偽善者め……今に吠え面かくなよ」

つぶやくや、隣室の唐紙を憤然とした目で睨んだ。

二十二

池の端で密議を持ち、おしのびでもあるから、片桐右膳は乗物も供の者もなく、

夜道をひとり帰路についていた。

不忍池《しのばずのいけ》には氷が張り、氷面に月が照らされて、寒々とした光景である。

また往来の人とてなく、片桐はひたすら暗黒のなかを歩いていた。そうするうちに折角の酔いも醒めてきたようで、くしょんとくしゃみがひとつ出た。

感冒に罹ってはかなわないが、しかし、ずっしり重い懐の切餅がそんな弱気を吹き飛ばした。

すると前方にぼうっと提灯の火が見え、その人影がこっちを待っているようなので、嫌な予感がした。

果たして近づいてみると、それは田ノ内伊織であった。

「田ノ内、このような所で何をしている」

「与力殿をお待ちしておりました」

田ノ内が無表情に言う。

「なに、それはどういうことだ」

「最前、それがしも勝山におりましてな、与力殿をお見かけしたのです」

「………」

片桐は狼狽を隠すようにして、ことさら居丈高になると、

「ほう、そうか。して、その方は何を申したいのだ」

「町方与力が特定の宗門、宗派と誼を結ぶことなど、あってはならぬことでござる」

「なんのことを言っているのか、よくわからんな」

惚けてみせるが、内面は嵐が吹き荒れている。

「いわんや、与力殿は神の手教から裏金を貰っておられる。奴らに籠絡されて、身を誤りましたな」

「田ノ内、正気でものを申しておるのか。うだつの上がらぬ平同心の分際で、誰に口を利いているつもりだ。恐れ多いこととは思わぬのか」

「何もなければ恐れ多いことでござるが、今ここにいる与力殿は、ただのうす汚い悪徳役人でござるよ。どこを敬えと申すので」

田ノ内が毅然としたところを見せると、片桐は懐柔するような曖昧な笑みを浮かべ、

「まあ、よいわ。たまたまわしの秘密を知ったので得意になっているのだな。世間の裏にはいろいろとあるものだ。お主も頭を少しやわらかくして、わしのしていることには目を瞑れ」

懐をごそごそやって切餅一つを取り出し、それを田ノ内に握らせると見せかけ、さっと刀の柄に手をかけた。

その刹那、手裏剣が飛来して片桐の手の甲に突き立った。

「うっ」

片桐の手から切餅が転がり落ち、刺さった手裏剣を抜くと鮮血が流れ出た。

片桐が慌てて手拭いを取り出して疵口を縛りながら、鋭く四方を睨み廻す。

「何奴だ」

内面はびくついていても、声は立派だ。

樹木の陰から、小次郎と三郎三の影がぬっと現れた。

その背後には、五、六人の下っ引きの姿もある。

「片桐右膳、久しいの」

小次郎の声には怒気が含まれていた。

「貴様は……」

片桐が驚愕し、目を血走らせる。

とっさに逃げようとすると、三郎三の指図で下っ引きたちが一斉に動き、その退路を塞いだ。

「うぬぬっ」

片桐の口から、進退窮まった唸り声が発せられた。

「越前屋与四郎殺しは、誰の仕業なのだ」

小次郎が問い詰めた。

「こ、これは異なことを。そこにいるお主の仕業であろうが。盗っ人猛々しくも、何を申すか」

「おれはやっていない。それは貴様がよくわかっておろう。下手人を知っているのなら申せ」

片桐は田ノ内へ視線を転ずると、

「おい、田ノ内、これはお主の企みなのか。この犯科人とつるんでいるのか」

「左様、つるんでおります。牙殿とは、今や肝胆相照らす仲でござってな」

田ノ内がつるんとした顔で言った。

「なにい、それがどういうことかわかっておるのか。貴様は大罪人を庇っているのだぞ」

田ノ内がははと笑い、

「与力殿に言われたくありませんなあ、悪徳役人の分際で。ちなみにひとつだけお教えしておきましょう。役所から牙殿を逃がした張本人はこのそれがしなのです」

「お、おのれは……」

片桐が歯嚙みをする。

「誰なのだ、下手人は」

小次郎がさらに詰め寄った。

片桐はじりじりと後ずさって、

「わしは何も知らぬ、本当だ。お主の仕業であると信じていたのだ」

後退すると見せかけ、やおら刀の鯉口を切って抜刀し、小次郎に斬りつけた。

小次郎がすばやくその利き腕を捉え、手首をねじ曲げた。

「かあっ」

痛みに叫び、片桐の手から刀が落ちた。

小次郎がすかさず踏み込んで片桐の胸ぐらを取り、背負い投げをくらわせた。

片桐がぐしゃっと地面に叩きつけられる。

その片桐の前に屈み、小次郎が顔面に鉄拳を炸裂させた。

鼻血を噴いた片桐が命乞いをする。

「よせ、やめろ、言う」

無言で見据える小次郎の目が鬼になっている。

「はっきりしたことはわからんのだが、呉服店の倅を斬ったのは教祖の桜子だ」

小次郎が意外な答えに目を剝く。

「桜子は柳生新陰流《やぎゅうしんかげりゅう》の使い手らしい。北大路大炊からそう聞いた。人斬りが格別好きなのだとも聞いた。お主に濡れ衣を着せるため、恐らく桜子が越前屋の倅を斬ったのだ」

「……」

小次郎の脳裡に、ならず者の権次と助三の骸のそばに立っていた痩身の武士の影が浮かんだ。

「人斬りが好きだとは、変わった女だな」

小次郎が低い声で言った。

「その氏素姓をいくらわしが尋ねても、明かそうとはせぬ。家来どももそうだ。しかし、わしの勘では、奴らは武士ではない」

「武士でなくて、その正体はなんだ」

小次郎にはすでにわかっていることだったが、あえて問うた。

「公家だ。あの傲慢さ、気位の高さは余人を寄せつけん。禁裏の者でなければ、あそこまではできまい」

「………」

小次郎はすっと立つと、田ノ内へ向かい、

「田ノ内殿、後の始末を頼む」

「心得た」

田ノ内が下っ引きらにうながすと、彼らが片桐に群がって縄を打った。

「何をする、わしは吟味方与力であるぞ。おまえたちはおのれのしていることがわかっているのか」

片桐の必死の抵抗だ。

「ふん、一夜にしてその身分は剝奪《はくだつ》されましょうな」

田ノ内が皮肉な笑みで言う。

「田ノ内、貴様、わしをどこへ連れて行く気だ」

「左様。刻限が刻限ゆえ、お奉行の私邸の方へ直に参りましょうかの。そこで洗いざらい犯した罪を白状して頂く。神の手教に踊らされ、牙殿を陥れたる罪、決して軽くはござらんぞ。証人はここにいる全員でござる」

その全員を、片桐が愕然と見廻した。

だがその時には、小次郎の姿はすでに消えていた。

田ノ内もそれに気づいて、

「む？　牙殿はどうした」

三郎三に問うた。

「へ、へい、そのう……ちょっと野暮用ができたそうなんで……」

三郎三が含みのある目で言った。

「ほう、そうか。野暮用か」

田ノ内はあうんの呼吸でそれを受け入れ、得心した。

二十三

夜の静寂のなかで、桜子はひとり快楽に耽っていた。

おのれの指が男になり、時にやさしく、時に荒々しく、蜜がしとどに溢れた秘所を慰めつづける。

右の中指のそれはとび抜けて長く、まるで秘所を慰めるための、生まれつきの道具のようであった。

悦楽は寄せては返し、果つることなく女体の宇宙を駆け巡る。しなやかな肢体をうねらせ、人に見せられぬ体位を取り、飽くことなく愉悦の追求に没頭する。日頃美しいその声は牝の雄叫びに変わり、この世に存在するはずのない男を求めてやまない。

いつの頃からか、おのれでおのれを慰めることしか知らず、男を寄せつけたことは一度もなかった。

男は憎み、拒むものだと教えられていた。

そう教えたのは姉だった。

桜子の類《たぐい》稀《まれ》な美貌に比べ、姉は名だたる醜女《しこめ》で、男にふり向かれたことは終生なかったのだ。

終生ということは、姉の生涯はもう終わっていて、俗世からはすでに姿を消していた。

だから今は、天涯に桜子ただ一人なのである。

姉を死に追いやったのは、雲上人の正親町高熙《おおぎまちたかひろ》だった。

桜子はそう思っている。

正親町高熙——彼の父は今上《きんじょう》天皇の外祖父で、母は藤原《ふじわら》家出身の女御《にょうご》だと聞いた。

高煕はまた秀宮《ひでのみや》親王ともいい、彼が元服を迎える頃には、宮廷の女たちはその関心を買おうと必死になった。

だが高煕は生来のひねくれ者で、どの女にもふり向かず、剣の腕を磨くことに熱情を燃やし、馬庭念流《まにわねんりゅう》を会得したと聞く。

その高煕とこの江戸で邂逅しようとは、思ってもみなかった。

高煕の方は桜子のことなど知る由もないが、禁裏にあって、彼女はその顔貌を確と焼きつけていた。

その頃は姉が執心するだけの偉丈夫と思っていたが、姉の死によって、高煕への気持ちは怨みに変わった。

しかし、その時はなす術はなく、また桜子の家の零落という憂き目にも遭って、流浪転変に押し流され、高煕のことは何年も忘れていた。

高煕の顔を見た時は驚きに声も出なかったが、姉の報復をしてやりたいという思いがむらむらと頭をもたげ、彼を地獄へ堕としてやる決意を固めた。

背後から、姉の手が桜子を押したような気もした。

高煕の今を探ると、牙小次郎と名乗って纏屋に間借りしていることがわかった。

さらにその身辺を探るうち、纏屋の女将につきまとっている呉服店の伜の存在が浮かんできた。

これだ、と思った。

桜子は武士に身装を変え、その伜を中之橋で斬った。

その際、中間の猪之吉を小次郎の家へ忍び込ませて、彼が描いていた蒔絵盃を盗ませ、死者の懐に入れた。

後は日頃手なずけている奉行所の与力に、因果を含ませて小次郎捕縛を頼んだ。

ところがあの男は、詮議中の奉行所から脱走したのだ。

役人が小次郎捕縛に奔走する裏で、桜子も手勢を動かしてその行方を追跡した。

そして浪人の刺客を雇い、行方を突きとめて仙台堀で襲撃させたものの、小次郎はそこをも切り抜けた。

あの時は二段構えの策を取っておいてよかったと、つくづく思った。

信徒のお豊に小次郎を仕留めるように命じた時、彼女の表情に迷いが浮かんだのを見逃さなかった。不安を感じたが、しかし、あの時はそれを遂行させることしか頭になかったのだ。

お豊もお兼も小次郎を介抱するように見せかけ、桜子はそれへ一服盛るように毒を渡したが、そのことが実行されることはなく、あの男はやがてそこからも脱走した。

信徒たちの裏切りは許せない。

だから桜子は、その後彼女らに罰を与えてやった。

そして今も尚、小次郎の行方はつかめないままだ。

日夜苛立ちを募らせるうち、姉の報復よりも、今では桜子自身の保身に心は変わっていた。

高煕が逃げつづけている限り、安穏としてはいられない。彼の身にふりかかった奇禍が、神の手教のものであろうことはしだいにわかってくるはずだ。

桜子に疑いの目を向けるのは時間の問題なのである。

危機感を募らせた。

「ああっ……」

床のなかで最後の悦楽の声を上げ、桜子は果てた。

けだるい身を横たえつつも、心は冴え、高煕への怨念は尽きることはなかった。

江戸へ来てから覚えた莨に火をつけ、長煙管《ながギセル》で吸った。

澱《よど》んだ空気のなかを紫煙が流れ、それが不意に風に揺れた。

寝所に余人のいるはずはなく、またすきま風の入る余地もなかった。

不審を覚え、煙管を長火鉢に置き、身を起こした。

「誰ぞいるのか」

誰何《すいか》をすれど応えはなく、立って寝所を歩き廻った。小廊下へ出て、ぎょっとなった。雨戸が少し開いている。

室内をふり返ると、衝立の陰に人の気配があった。

「何者」

身構えて言うと、小次郎の含み笑いが聞こえてきた。

桜子が色を変えて身をひるがえし、床の間の刀架けから小太刀を取った。

その姿はしどけない白絹の夜着ではあるが、刀を持つと毅然として一分《いちぶ》の隙もなかった。

衝立の陰から、小次郎が悠然と現れた。

「おのれは……」

桜子の目が青く光った。

小次郎は皮肉な笑みを湛えながら、

「悪いとは思ったが、ずっと見させて貰ったぞ」

「……………」

桜子の青褪めた顔に一瞬朱が差し、そして烈しい狼狽が走った。

「神の使いも寂しいものだな。みずからを慰め、幾度も昇天し、空しい時を埋めているのか」

「黙れ……黙れ……」

消え入りそうな桜子の声だ。

「桜子とはどこの桜子だ。身分を明かせ」

「……………」

「恥ずかしくて言えぬのか」

桜子がきっとした顔を上げ、小次郎を見据えた。

そして虚勢を張って、

「わらわは地下官人《じげかんじん》が棟梁《とうりょう》、左馬寮大島友将《さまのりょうおおしまともまさ》が次女じゃ」

「なるほど。地下官人の娘か」

小次郎がつぶやくように言った。

小次郎の家は昇殿が許された殿上人、または堂上《とうしょう》という。すなわち身分の高貴な雲上人なのだが、地下官人というのは、昇殿を許されない身分の低い公家のことである。

律令体制により、二官八省一台五衛府《にかんはっしょういちだいごえふ》と称される官職体系が形成され、天皇を頂点としたこのような体系の上に、その昔は国家運営がなされていた。やがてそれは徳川幕府の手に移されたものの、たとえ形骸化された公家社会といえども、今も尚、生きている制度なのだ。

ゆえに地下官人の棟梁とはいえ、小次郎から見れば遥か下の存在ということになる。

「その娘が、何ゆえ江戸へ参っての悪行なのだ」

「何を申すか、悪行とは思うておらぬ。衆生の魂を癒し、慰め、救いの道を与えてやろうと思うて始めたことじゃ」

小次郎が鼻で嗤い、

「おこがましいな。人よりおのれを救ったらどうだ」

「わらわは天涯孤独の身、もはや救われることはない。父母を亡くし、姉も身罷《みまか》り、家を失った今となっては、生きる道はこの神の手教しかない」

「家はどうして失ったのだ」

「京の商人に騙された。父が小豆相場に手を出し、莫大な借財を負って自害した。

母もその後を追った。当家を取り潰す判断を下されたのは、おん帝じゃ。その帝とその方は縁戚であろう」

小次郎が目を見開いた。

「その方は、姉を死に追いやった憎き男じゃ」

小次郎の眉がぴくりと動いた。

「姉の名はなんと申す」

「友姫《ともひめ》じゃ」

「知らんな、殺した覚えはないぞ」

「姉はその方に懸想《けそう》し、思いが遂げられずに命を断った。殺したも同然ではないか」

「それは言い掛かりというものだな。おれの身に覚えがないものを、逆怨みをされても迷惑千万だ」

「その方が許せぬ」

桜子が小太刀を抜いた。

「それでおれに罪を着せようとしたのか」

「むろんじゃ。腸の煮える思いがした。それで姉の怨み、思い知らせてやろうと思うたのじゃ」

「なんということだ……」

小次郎がつぶやき、溜息を吐いた。

その隙を衝いて、いきなり桜子が斬りつけた。

すばやく身を躱《かわ》し、小次郎が抜刀して桜子と対峙した。

歪んだ怨念を滾らせ、桜子がさらに小太刀を閃かせた。

「柳生新陰、見事な腕前だな」

小次郎は応戦しながら、

「したがおまえの剣は、殺伐として荒れている。剣は澄み切った湖面が如く、心もそうであるように、敵に対しては虚心でのうてはならぬ。もっとおのれを磨かねば、おれは倒せぬぞ」

「えいっ」

なりふり構わず、桜子が攻撃する。

その白刃を勇猛にはね返し、小次郎が踏み込んで大上段に刀を構えた。

その時、北大路大炊、櫛田民部、猪之吉が血相変えて駆けつけて来た。

「姫様《ひいさま》、大事ございませぬか」

北大路が抜刀しながら言った。

「このうつけがみずから火中にとび込んで参った。これぞ千載一遇の好機、討ち取れい、八つ裂きに致せ」

「おうっ」

怒号を発した櫛田が刀を脇構えのまま、突進して来た。そして小次郎に迫った所で、白刃を閃かす。

小次郎は数歩退っておき、すかさずふり被った剣を斬り下ろした。

「があっ」

袈裟斬りにされた櫛田がのけ反り、倒れて悶絶する。

間髪を容れず、猪之吉が匕首を腰溜めにして突っ込んで来た。

ぐさっ。

小次郎の剣が猪之吉の胸板を刺し貫いた。

桜子は寝所から身をひるがえしかけ、そこから小次郎へ悪鬼の形相を向けて、

「教えてくれようぞ。おまえを助けた漁師の豊はわらわが斬り捨てた。兼もおなじじゃ。裏切り者は許せぬからな、当然のことじゃ」

小次郎がかっと怒りの目を向けると、桜子は廊下へとび出して行った。

ひゅっ。

追いかかる小次郎の眼前に、北大路の凶刃が風を切って唸った。

小次郎が退き、北大路と睨み合って対峙した。

「おまえも地下官人なのか」

小次郎が油断なく問うた。

「わしは旧くから桜子様に仕えている公家侍だ。こたびも運命を共にし、この腐り果てた町に随行して参った。江戸の愚かな衆生どもは、神の手教の前では魂のないでく人形に過ぎん。わしはそこに生き甲斐を見出した。その方さえいなければ、われらの栄光はつづく」

「たわけたことを。思い上がるな」

小次郎が激怒し、凄まじい勢いで斬り込んだ。

応戦するも、北大路はたじたじで、途中から逃げ出した。

ざくっ。

その背を小次郎の剣が斬り裂いた。

そして屍を乗り越え、廊下へ出た。

突き当たりの大広間に、煌々と灯が漏れていた。

そこへ向かって走った。

襖を開けると、そこに全裸の桜子が立っていた。小太刀を正眼に構えている。

さしもの小次郎も、その裸身を見て息を呑んだ。

汚れを知らぬ桜子の裸身は、それほどに美しかった。

「わらわが討てるか」

「……」

「どうした、かかって参れ」

小次郎がじりっと迫った。

桜子は小太刀を下段に構え直し、静かに、動かないでいる。

「どうじゃ、わらわが欲しいか」

「欲しくば、くれると申すか」

「その方しだいじゃ。考えが変わったのじゃ、手を組んでもよいとな」

「愚かな」

小次郎が真摯な目を据えて、

「豊と兼を手に掛けしこと、断じて許せぬ」

「くだらぬことを申すな。端女《はしため》の命など、毛ほどの痛みもないわ」

小次郎が何も言わず、斬りかかった。

桜子の小太刀を叩き落とし、袈裟斬りにした。

「あうっ」

桜子が叫び、倒れ伏した。

「なぜじゃ……なぜ……」

「命の重さは身分では量れぬ。人の心を失ったおまえが、心ある者を斬った。それだけはしてはならぬことだったのだ」

後をも見ずに、小次郎が消えた。

何やら呟き、まだ理不尽な表情のままで、やがて桜子はこと切れた。

下谷長者町を抜けると、どこからか、そこはかとなく花の香がした。

なんの花か、その香が荒らぶれた小次郎の心を癒してくれるような気がした。

どこかで猫の鳴く声がした。

一陣の風が吹きつけると、小次郎の姿は幻のように消えていた。

二〇〇八年一月　学研M文庫刊
刊行にあたり、加筆修正いたしました。

光文社文庫

長編時代小説

桜《さくら》子《こ》姫《ひめ》 牙《きば》小《こ》次《じ》郎《ろう》無《ぶ》頼《らい》剣《けん》（二） 決定版

著者 和《わ》久《く》田《だ》正《まさ》明《あき》

2022年7月20日 初版1刷発行

発行者 鈴木広和
印刷 堀内印刷
製本 榎本製本

発行所 株式会社 光文社
〒112-8011 東京都文京区音羽1-16-6
電話 (03)5395-8149 編集部
8116 書籍販売部
8125 業務部

落丁本・乱丁本は業務部にご連絡くだされば、お取替えいたします。
ISBN978-4-334-79394-4 Printed in Japan

組版 萩原印刷

光文社文庫最新刊

サンズイ	笹本稜平
Qros《キュロス》の女	誉田《ほんだ》哲也
神を喰らう者たち	新堂冬樹
心音《しんおん》	乾 ルカ
独り舞	李《り》 琴峰《ことみ》
不可触領域	鳴海《なるみ》 章《しょう》
凛《りん》の弦音《つるね》	我孫子武丸
とりあえずの殺人 新装版	赤川次郎
203号室 新装版	加門七海《ななみ》
毒蜜 快楽殺人	南 英男